U0088126

雅典

活學活用
Don't worry
英語生活會話

王玉如◎編著

家中時光 ＋ 交通旅遊 ＋ 飲食購物 ＋ 學校職場

生活各種狀況常用會話！

本書中為您蒐羅

將英文從基本開始學起
並對各種情境加以解釋說明
從生活瑣事來活用英文

MP3

讓你輕輕鬆鬆
將英文脫口而出

Contents

CHAPTER 02
交通運輸

CHAPTER 03

見面打招呼

CHAPTER 04

商店購物

Contents

CHAPTER 05

餐廳吃飯

CHAPTER 06
速食餐廳

CHAPTER 07
在學校的閒聊

CHAPTER 08

在公司的寒暄

Contents

CHAPTER 11

假期旅遊

CHAPTER 12
節日慶祝

Contents

前 -Preface- 言

在英文為國際語言的這個世代中，雖然有一些英文基礎，但是在面對外國人時，卻無法把以前所學的單字片語組合成句子來與對方溝通嗎？

覺得自己錯失了許多機會，只因為自己的英文會話能力不足，使得自己不好意思或著不知道該如何與國外人對談？

要學好英文不是只有死背課本上的單字或片語，還要知道如何活用在句子以及對話上面。許多人在英文考試上可以拿到高分，但是在面對英文對話時，卻又支支吾吾說不出半句話，甚至聽不懂對方的意思，因此覺得丟臉，不好意思而不敢開口。

本書以時間為主題，編輯了在面對不同時間、不同場所、或著不同對象時所需的對話，不僅僅是與人對話，還有與自己的自言自語。幫助讀者從最基本的，在腦中用英文思考來更能活用英文。讓讀者輕輕鬆鬆得將英文脫口而出。

建議讀者搭配本書所附的真人發音的學習光碟，隨著外籍老師的口語會話伴讀，熟悉每個單字與句子的發音，並分辨不同語調時所用的抑揚頓挫。將對於聽力以及發音能有更大的進步與幫助。

Live what you learn.

Chapter 01

家中時光

早上起床

Good morning and wake up.

會話

A: Good morning.
早安。
B: Morning. You wake up early today.
早安。今天起的真早。
A: Because the weather looks great outside.
因為外面的天氣看起來很棒。
B: Yes, it is. The sky is blue and cloudless.
是呢,天空很藍且萬里無雲。
A: It feels comfortable.
感覺很舒服。

活學活用英語會話

許多人一早起床會看向窗外，看看今天的天氣如
何。而天氣好壞總是會影響到一整天的心情。
要敘述天氣很好可以用「The weather looks
great.」
這裡的「look」因為前面的「weather」為第三人
稱單數名詞的關係，動詞後面要加上「s」。
也可以用「The weather looks nice.」或「It's
a sunny day.」來表示好天氣。

解析②

「Cloud」是雲朵的意思，後面加上「less」表示
雲量稀少，可以解釋為萬里無雲。

單字

morning 早安
wake up 起床
weather 天氣
great 很棒
cloudless 萬里無雲
comfortable 舒服

被鬧鐘叫醒

Wake up to the morning alarm.

會話

A: Hey wake up. Your alarm clock is ringing.

起床，你的鬧鐘響了。

B: What time is it?

現在幾點鐘？

A: It's already seven o'clock in the morning.

已經是上午七點了。

B: Oh no! My class starts at eight.

喔不！我的課八點開始。

A: You better hurry.

你最好快一點。

活學活用英語會話

解析①

「alarm」有鬧鈴的意思。加上「clock」就是常說的鬧鐘。數字後面加上「o'clock」則是表達時間用。

例: 6:00 = six o'clock 六點鐘

在時間後面的「in the morning/afternoon」為上午或下午的區別，也可以用A.M. 或P.M. 來代替使用。晚上則用「at night」來表示。

解析②

「be」動詞後的動詞加上「ing」為現在進行式，表示正在進行的意思。

例: I am walking. 我正在走路。

單字

alarm 鬧鈴

clock 時鐘

ring 鈴響

already 已經

start 開始

hurry 使...趕緊

不想離開被窩

Don't want to leave the bed.

會話

A: I don't want to leave my bed.
我不想離開被窩。

B: You will be late for your class.
你上課會遲到的！

A: I'm still tired and sleepy. Let me sleep five more minutes.
我還很累很想睡。讓我再多睡五分鐘。

B: No, you have to get up now!
不行！你現在就必須起床！

活學活用英語會話

解析

賴床是大多數人都經歷過的事，尤其是冷冷的冬天早晨，要離開溫暖的被窩是一大痛苦。再多睡個五分鐘這句話，不管是中文或是英文裡都常常被使用到。「more」表是多餘、更多的意思。除了常放在動詞後面，也會用在比較級的句型中，來加強動詞。

例：The black chair is more comfortable then the red one.

這張黑色的椅子比紅色的更舒服。

單字

leave 離開

late 遲到；晚的

minute 分鐘

tired 疲倦的

sleepy 想睡的

have to 必須

早餐吃些什麼？

What do we eat for breakfast?

會話

A: What do we eat for breakfast?

早餐吃些什麼？

B: Mom is making a sandwich in the kitchen.

媽媽正在廚房做三明治。

A: I am hungry.

我好餓。

B: Do you want some milk?

要來些牛奶嗎？

A: Sure. Why not?

好呀！有何不可？

解析

西式早餐裡面最常見的就是三明治或麵包等輕食類的餐點。早餐是一天之間最重要的一餐，當早上起床就有準備好的熱騰騰餐點，更是件再幸福不過的事了。

而當他人詢問，並要應答時，通常都會用Yes或「No」來做正式的回應。但是當面對的人是自己的親友時，這種回答又顯得太過拘謹。使用「Sure. Why not？」（有何不可？）來反問對方，可顯得與對方的關係更為親近。

單字

breakfast 早餐

make 製作

sandwich 三明治

kitchen 廚房

hungry 飢餓的

milk 牛奶

今天天氣如何？

How is the weather today?

會話

A: How is the weather today?
今天天氣如何？
B: It is warm outside.
外面很暖和。
A: What's the temperature?
溫度幾度？
B: The weather forecast said it will be around 72°F.
天氣預報說大約華氏72度。
A: Then, it is better to wear a short-sleeved shirt.
那麼穿短袖比較好。

早上起床，尤其是冷熱不定春秋季節。有些人會查看天氣預報，再決定要穿什麼衣服出門。

國際間有三種標示溫度的單位。攝氏「Celsius/Centigrade」，華氏「Fahrenheit」，以及開氏「Kelvin」。

在亞洲我們常接觸的是攝氏的溫度，在英國和美國則使用華氏為溫度單位，所以看到的數字都會偏高。

單字

warm 暖和

outside 外面

temperature 溫度

weather forecast 天氣預報

Fahrenheit 華氏溫度

short-sleeved 短袖上衣

有看到我的紅色大衣嗎？

Did you see my red coat?

會話

A: Did you see my red coat?
有看到我的紅色大衣嗎？

B: Isn't it in your closet?
不在你的衣櫥裡嗎？

A: I can't find it.
我找不到。

B: Oh I forgot to tell you. Mom said she sent it to the dry cleaner.
喔！我忘了說了。媽媽說她送去乾洗店了。

A: I want to wear it to a party tonight.
我想穿那件去今晚的派對。

解析①

準備出門，卻找不到想要穿的衣服時，如何向他人詢問，是否有看到自己所要尋找的物品。其問句用法與中文相同，都是用「你有沒有看到…?」差別只在於英文要使用過去式「Did」來提問。

解析②

「can」和「can not」分別的意思是能和不能。後面加上動詞後，表示為能或不能做某件事。
例: I can walk, but I can't run.
我能走路，卻不能跑步。

單字

coat 大衣
closet 衣櫥
find 找；尋找
send 送；寄
dry cleaner 乾洗店
wear 穿

記得要帶雨傘

Be sure to bring an umbrella.

會話

A: Are you going out this afternoon?

今天下午有要出門嗎？

B: Yes, I am going to go shopping with friends.

有，我要跟朋友出去逛街。

A: Be sure to bring an umbrella with you. It's going to rain.

記得要帶雨傘，會下雨。

B: Okay, thanks.

好的，謝啦。

活學活用英語會話

解析①

要他人記得什麼事情，通常會用「remember to」這個詞，但在這個對話中，除了提醒對方，也有要讓對方確認的意思，所以使用「be sure」。

解析②

介係詞「a」因為放在「umbrella」這個母音開頭的字前面，所以要改寫成「an」。在口語上念的時候，也會說的比較順暢。

單字

be sure 使確認

umbrella 雨傘

go out 出門

afternoon 下午

shopping 購物

friend 朋友

我今晚不回家吃飯

I am not coming home for dinner tonight.

會話

A: I am not coming home for dinner tonight.

我今晚不回家吃飯。

B: Are you going somewhere?

你要去什麼地方嗎？

A: My friend is having a birthday party.

我朋友的生日派對

B: Don't stay out too late.

不要玩得太晚。

A:Okay, I won't.

好的，我不會。

解析

當晚上有約，想要跟家裡人報備自己不打算回家吃晚飯的時候。可以用「I am not coming home for dinner tonight.」或著是「I will be late tonight.」讓家人知道你將會晚回家，不用幫你準備餐點。

詢問對方要去什麼地方時，最常用的句子是「Where are you going?」但是這樣的問法比較有質問的性質存在。對話裡使用「Are you going somewhere?」則是順口詢問，滿足好奇心。

單字

dinner 晚餐

tonight 今晚

somewhere 某個地方

birthday 生日

party 派對

won't 將不會(will not)

可以幫我買個麵包嗎？

Could you get me some bread?

會話

A: Are you going to the supermarket?
你要去超市嗎？

B: Yes, I need to buy something.
是的，我需要去買些東西。

A: Could you also get me some bread?
你能幫我買個麵包嗎？

B: Sure. What kind of bread you want?
好啊。你要什麼樣的麵包？

A: I want a bag of white bread. Thanks.
我要一袋白吐司。謝謝。

解析

當看到家人或同居者要出門，想要拜託對方幫忙帶些東西回來時，可以使用「could you」作為問句的開頭。其意思跟「can you」相同，都是詢問對方能否幫忙，只是「could」這個詞是比較禮貌的字眼。其他詢問他人幫忙時，也可以用這兩個字來做為句子開頭。

單字

supermarket 超市

need 需要

also 也

bread 麵包

kind 種類

a bag of 一袋

white bread 白吐司

慘了！我快遲到了

Oh no! I am going to be late!

會話

A: Oh no! I am going to be late!
慘了！我快遲到了。

B: How about your breakfast?
你的早餐怎麼辦？

A: I don't have time for that.
我沒有時間吃。

B: You should get up earlier.
你應該早點起來的。

A: I did set the alarm clock, but it didn't go off.
我有設鬧鐘，但是它沒有響。

一大早因為快要遲到了，而急急忙忙地衝出家門的經驗，想必很多人都有過。未來式的句型有兩種，一個是「will be」，另一個是「be going to」。當使用「I will be late」是告知對方，你確定你將會遲到。 而對話中的「I am going be late.」（我快要遲到了。） 敘述的雖然也是即將、將要的意思，但還沒成定局，不一定真的會遲到的狀態下，所使用的句型。

單字

about 關於

have 有

time 時間

that 那個(對話中指早餐)

should 應該

earlier 早些；早點

我出門了

I am heading out.

會話

A: I am heading out.
我出門了。
B: How do you go to school?
你要怎麼去學校?
A: I will drive my car.
我會開車過去。
B: Be careful and drive safely.
小心點,開車注意安全。
A: I will.
我會的。

解析

有些人會習慣在離開家門前，告訴還在家裡的家人或同居者，自己準備好要出門了。這時候就可以用「I am heading out」或著「I am going out」等句子。其他也可以根據不同場合、時間或對象，使用其他不同的句型。

例：I am leaving now. 我要離開了。

例：I am off to+(某處) 我要離開去(某處)。

單字

heading out　出門

school　學校

drive　開車

car　車

be careful　小心

safely　安全地

Track-012

我回家了

I am home.

會話

A: I am home.
我回來了。
B: Welcome back!
歡迎回來。
A: I need to take a shower first. I am all wet.
我需要先去洗澡，我全身都濕了。
B: What happened?
怎麼了嗎？
A: It was raining.
剛剛在下雨。

活學活用英語會話

「I am home.」這裡並不是說我是房子，而是
英文口語上的「我回到家了」。句子把中間的
「backing」給省略掉了。當然「I am backing
home.」也是可行的用法。

對話第二句的「I am all wet.」中，「all」原本
的意思是全部，在這裡衍生為全身上下。所以整句
翻譯起來的意思是「我全身都濕了」。

home 家
welcome 歡迎
shower 淋浴
first 先
wet 潮濕
happen 發生

晚餐聞起來真香

The dinner smells good.

會話

A: Are you making dinner?
你在做晚餐嗎？
B: Yes, I am cooking pasta.
是的，我在煮義大利麵。
A: I am already hungry.
我已經餓了。
B: It is almost done.
快煮好了。
A: hmm...It smells good.
嗯...聞起來真香。

活學活用英語會話

肚子餓，走進廚房時，看到已經準備好的食物，以及陣陣撲鼻的香味時，會用「It smells good.」（聞起來真香），或著「It looks good.」（看起來真棒），來褒獎製作餐點的人。

「delicious」以及「yummy」也是常用來表達好吃的單字。可以跟句子中的「good」來做替換。

單字

cook 烹煮

pasta 義大利麵

almost 幾乎；即將

done 完成

smell 聞

good 好的

需要幫忙嗎？

Do you need any help?

會話

A: Do you need any help?
需要幫忙嗎？
B: Sure, can you help me to cut those tomatoes?
好呀！可以幫我切那些蕃茄嗎？
A: Yes, I will be glad to.
好的，我很願意。
B: Thank you.
謝謝你。
A: You are welcome.
不用客氣。

當想詢問他人，是否需要自己的幫忙時，但又不確定對方是否需要自己的幫助時，可以委婉地用「Do you need any help?」這句作為詢問的開頭。
當與對方的關係較為親近時，可以將前面的「Do you」給省略，直接以比較口語的方式來詢問。

解析②

「welcome」的原意是歡迎的意思，在對話中，加上了「You are welcome.」則變成了「不用客氣」的意思。是與他人道謝之後，很常聽到的回應句子。

單字

any　任何

help　幫忙

cut　切

those　那些(複數)

tomato　蕃茄

glad　高興

Chapter 01
家中時光

吃完飯記得洗碗

Remember to wash dishes when you done eating.

會話

A: I am done eating.
我吃飽了。

B: Remember to wash dishes.
記得要洗盤子。

A: I did it yesterday. Today should be Bobby's turn.
我昨天洗過了，今天該巴比了。

B: But those are your dishes.
但是那些是你的盤子。

A: I hate doing this.
我討厭做這個。

解析

吃完飯吃後，總是會留下許多油膩的鍋碗瓢盆，沒有人想要去清洗。「wash dishes」正是洗碗的英文。「dish」這個英文單字有兩種意思，分別為菜餚以及扁平的盤子。在此篇對話例句中，用作的意思為盤子。寫作「dish」時，這個單字為單數名詞。因為是「sh」結尾，所以要在後面加上「es」來表達一個以上的盤子(複數)。

單字

remember 記得

wash 清洗

dish 盤子

yesterday 昨天

turn 輪流的機會

hate 討厭

你洗過澡了嗎?

Have you taken a bath?

會話

A: Have you taken a bath?
你洗過澡了沒?

B: I just finished.
我剛洗好。

A: I'm out of shampoo. Can I borrow yours?
我的洗髮精用完了,可以跟你借嗎?

B: Mine is out too.
我的也用完了。

A: I guess I have to wash my hair tomorrow.
我想我只能明天再洗頭髮了。

在詢問他人洗過澡了沒時，因為是想要問是否已經完成的關係，這裡使用完成式的句型。完成式最基本的文法是「have」加上過去分詞。所以在對話例句中，動詞「take」被過去分詞「taken」給替換。

單字

bath 洗澡
yet 還沒
finish 完成
out of 用完
shampoo 洗髮精
borrow 借用
yours 你的
mine 我的
guess 猜想
hair 頭髮

早點睡，不要熬夜

Go to bed early. Do not stay up too late.

會話

A: Are you still up?
你還醒著？
B: I have a big exam tomorrow.
我明天有個大考。
A: You should go to bed early. Do not stay up too late.
你應該早點睡的，不要熬夜。
B: I know it. But I can't finish studying.
我知道，但是我書讀不完。
A: You won't get a good grade either if you are tired.
如果太累，你也拿不到好成績。

解析①

「stay up」的原意是保持清醒的意思，在後面加上「late」後，字面上解是保持清醒到很晚的，也就衍生成熬夜的意思。在對話一開頭的「Are you still up?」就是將「stay up」的「stay」給省略掉的用法。

解析②

在回應他人，表達自己也有同樣的經驗或感受時，常會用「also」或著句尾加「too」。「either」也是一個表示贊同的字，但是只能用在否定句子。

單字

stay up 醒著

still 仍然

exam 試驗

stay 停留

know 知道

study 讀書

grade 成績

either 也(否定句)

晚安，祝有個好夢

Good night! Have a sweet dream.

會話

A: It is almost 1:00 a.m..
快要凌晨一點了。

B: Already this time?
已經這個時間了？

A: Time to go to bed.
該去睡覺了。

B: Good night, have a sweet dream.
晚安，祝有個好夢。

A: You too!
你也是。

在向人道晚安時，除了常用的「Good night」以外，還可以在後面加上「Have a sweet dream.」來祝福對方能夠夢到一個甜美的好夢。想要說的更誠心誠意時，也可以在句子的前面加上祝福的字眼。

例: Wish you will have a sweet dream.
希望你能夠有個美好的夢境。

單字

this 這個

bed 床

night 晚上

sweet 甜美的

dream 夢

too 也(句尾)

Live what you learn.

Chapter 02
交通運輸

請問...怎麼走？

Excuse me how do I get to...?

會話

A: Excuse me, How do I get to Taipei 101?
不好意思，請問我要如何到台北101？

B: Keep on this street for three blocks, and turn right.
這條路走三個街口，然後右轉。

A: Is that all?
就這樣？

B: Yes, you will see it on your left hand side.
對，你將會看到它在你的左手邊。

A: Thank you.
謝謝。

到要詢問路上行人自己的目的地如何走時，因為打擾到對方行走在路上的狀態，所以要先禮貌地使用「Excuse me」作為問句開頭。然後再把你要詢問的問題問出來。

解析②

詢問時，可以拿著地圖，用手指著要去的地方，將對話中的例句改為「How do I get to here.」對方便會明白你口中所說的「here」，正是手指的位置，即使不知道要去的地點怎麼用英文說時，對方也能夠理解。

單字

Excuse me 不好意思；抱歉

keep 保持

street 街道

block 街口

right 右邊

left 左邊

到那邊要花多久時間？

How long will it take to get there?

會話

A: What is your plan during this vacation?
這個假期你有什麼計畫？

B: I am going to drive to New York.
我要開車去紐約。

A: How long will it take to get there?
到那邊要花多久時間？

B: It's going to take about 10 hours.
大概要花十個小時。

A: That is really far.
那真是遠。

在英美地區，因為土地面積較大，從一個點開車到另一個地點總是要花上一段時間才能抵達。當好奇會要花多少時間才能抵達目的地時，就要用「How long will it take.」這個句子。「long」原意是指長度的長，在這裡則是意指時間的長度。

回答時，因為不能精準地確定將會費的時間，所以在時間名詞前面加上「about」，給予一個大約的時間做為回答。

單字

plan 計畫

during 在...之間(時間)

vacation 假期

long 長的

hour 小時

far 遠的

司機麻煩開往...

Please drive to...

會話

A: Good morning, Ma'am.

早安，女士。

B: Morning, please drive to this address.

早安，請你開往這個地址。

A: It is on 6th Avenue. Do you know what it is nearby?

是在第六大道上，您知道靠近哪裡嗎？

B: It is near the corner of 6th Avenue and 20th street.

它靠近在第六大道與二十街的轉角處。

計程車是大城市裡常見的交通工具之一，當坐上車時，要如何跟司機說明自己想要去的位置？最簡單的方法不外乎就是直接將要去的地點寫在紙上，遞給司機，並告訴對方「I want to go to this place.」（我想要去這個地方。）然而對話例句中，用的是比較有禮貌的方式來表達。

單字

Ma'am 女士

address 地址

avenue 大道

nearby 靠近

corner 轉角

between 在...之間(物體)

總共多少錢？

How much is the total?

會話

A: Can you pull over here?
可以靠邊停車嗎？
B: No problem.
沒問題。
A: How much is the total?
總共多少？
B: It is 18 dollars
18美元。
A: Keep the change.
零錢你留著。

解析①

在歐美的計程車與台灣的一樣，都是按開的時間或距離來跳表計費，當你發覺自己的目的地就在下一個路口，卻又不想讓等待時間耗費自己的金錢，或著突然發生什麼事情，需要先行下車，就可以對司機說一聲「Can you pull over?」來表示自己想要下車。

解析②

「Change」當動詞時，是改變、變化的意思。但是當名詞時，字尾加上「s」，則是零錢。

單字

pull over 靠邊停車
no problem 沒有問題
much 多少
total 全部
dollar 美元
change 零錢

請問這班車有到…？

Does this bus go to...

會話

A: Excuse me, does this bus go to Ximending?

抱歉,請問這班車有到西門町嗎?

B: No, it doesn't.

沒有。

A: Which bus will take me there?

哪一班車可以到那?

B: The only bus that can get you there from here is number ten.

從這裡過去只有十號車。

活學活用英語會話

解析

當不確定眼前的公車，是否有開往自己要去的目的地時，總是會在車外事先詢問開車的司機。這句話在英文裡面則是「Does this bus go to」加上要去的地點名稱，就可以簡簡單單的表達出自己所要詢問的問題。也可以先表明出自己要去的地方，再作尋問。

例：I want to go to...Does this bus go there?

我想要去...，請問這輛公車有到嗎？

單字

which 哪個

there 那邊

only 只有

here 這邊

我要到哪裡搭車？

Where can I catch it?

會話

A: Excuse me, Sir. I want to go to the train station.

不好意思，先生。我想要去火車站。

B: You can take a bus to get there.

你可以搭公車過去。

A: Where can I catch it?

我要到哪裡搭車？

B: You can find a bus station two block ahead.

你能在前面兩街口處找到公車站。

A: Thank you.

謝謝。

解析

對話中的「Where can I catch it.」並不是像字面意思所寫的，要去抓住車子或是要抓住什麼東西，而是「我要去哪邊搭車？」的意思，是英文口語上常用的一句話。通常會在追趕某樣物品時，或著是要將某樣物品檔下時，而使用的動詞。

單字

sir 先生

train 火車

station 車站

catch 抓到；趕上

find 尋找

ahead 前面

公車多久來一班？

How often does a bus come by?

會話

A: How Can I get to Hsinchu.
我要怎麼去新竹？

B: You can take the number 1 bus.
你可以搭乘一號公車。

A: How often does the bus come by?
那班車多久有一班？

B: It takes about every ten to twenty minutes.
大概每十分鐘到二十分鐘一班。

A: That is convenient.
那很方便嘛！

解析①

在不清楚車子班次的情況下，想要詢問一班車子大概多久才會來到時，卻不知道該怎麼說嗎？這時候就可以用「How often」這個問句。「often」這個詞翻譯為經常的，帶有循環的意思在裡面，適合用在像車子班次這種會循環的名詞上。

解析②

「come」是過來，前來的意思。加上「by」這個介係詞之後，意思則變成「從旁邊經過」。

單字

number 號碼

bus 公車

often 經常

come 來

every 每一

convenient 方便

到站時，我會通知你的

I will tell you when we get to your stop.

會話

A: I want to go to the National Museum. Which station should I get off at?
我要去國家美術館，我該在哪一站下車？
B: You can get off at the Museum station.
你可以在美術館站下車。
A: I hope I won't miss my bus stop.
我希望我不會坐過頭。
B:I will tell you when we get to your stop.
到站時,我會通知你的。

活學活用英語會話

搭上了不熟悉的車子，沿途經過的也是自己陌生的風景，除了不確定自己究竟要哪一站下車外，也會擔心自己是否會坐過站。有些公車司機會很好心的主動跟你說「I will tell you when we get to your stop.」（到站時，我會通知你的。）當然，身為乘客的你也可以自己主動要求，這時候把句子的助動詞「will」改成「can」，並且移到句子的前面，變成問句「Can you tell me when we get to my stop?」。

單字

national 國家的

museum 美術館

get off 下車

hope 希望

miss 錯過

stop 停

tell 告訴

我要買兩張車票

I want to buy two tickets.

會話

A: I want to buy two tickets.
我要買兩張車票。

B: Where is your destination?
目的地是哪？

A: I am going to Kaohsiung.
我要去高雄。

B: The total is 1200 NT dollars. Here are your tickets and 800 dollars change.
總共是1200元新台幣，這裡是你的票以及800元找零。

活學活用英語會話

解析①

在英文裡面不管是車票，機票或著是演唱會的門票，都是用「ticket」表示，在這裡因為是要買兩張的車票，所以在「ticket」後面加上「s」表示複數。

解析②

在英文裡「dollar」通常是指美國或加拿大的貨幣，英國則是用英鎊「GBP Great Britain Pound」。但是當要告訴他人新台幣的價錢時，則是要用「NT dollar (New Taiwan dollar)」。

單字

two 二

where 哪裡；何處

ticket 票

destination 目的地

total 總價

NT dollar 新台幣

我的車票沒有作用

My ticket does not work.

會話

A: My easycard does not work.
我的悠遊卡沒有作用。

B: Have you put money inside?
你有存錢進去了嗎？

A: I bought it yesterday, I'm sure there's still money left.
我昨天才買的，我確定裡面還有餘額。

B: Can you put it on the scanner and I will check it for you?
請放在掃描器上，我幫你檢查。

要去搭乘捷運或著火車時，有時會碰到自己的車票出問題，機器感應不到的狀況發生。這時只好到旁邊的櫃檯去作處理。這時候英文的說法是「My ticket does not work.」（我的車票不工作。）也就是說他沒作用的意思。

解析②

對話第三句結束的地方，「still have money left.」這裡的「left」並不是左邊的意思，而是動詞「leave」的過去式的變化，解釋為遺留、剩餘的意思。

單字

put 放

money 前

inside 裡面

left 遺留**(leave**的過去式**)**

check 檢查

列車停靠在第4月台

The train stops at platform four.

會話

A: I got the tickets.
我買到票了。

B: Great! Which platform should we go to?
太棒了！我們應該去哪個月台？

A: The conductor said the train stops at platform four.
售票員說車子是停靠在第4月台

B: Then shall we go this way to get down stairs?
那我們走這邊下樓梯吧？

當要搭乘火車或著高鐵時，如果是小型的車站到還好，但是如果是大型轉運站時，光是尋找自己的車子在哪個月台，就要花上一段時間吧。這時除了尋找班車資訊的儀表板外，有些人也會在買票時直接向售票員詢問。「platform」這個字除了有月台的意思以外，也有平臺、舞臺等意思。

單字

platform　月台

conductor　售票員

shall　(徵求他人意見)好嗎

way　路；方法

down　向下

stair　樓梯

Track-030

我想要去…，要搭什麼線？

I want to go to ... Which line should I take.

會話

A: I want to go to Shilin night market. Which line should I take?

我想要去士林夜市，我該搭哪一條線？

B: Danshuei line, the red one.

淡水線，紅色那條。

A: What color line is here?

這裡是什麼顏色的？

B: This is the blue line. You have to go to

Taipei Train Station first and transfer to the red line to Shilin.

這裡是藍色線，你必須先去台北車站，然後轉搭紅色線去士林。

解析

在乘坐任何大眾交通工具時，總是會碰到需要轉搭的情況。在英文裡面是用「transfer」（轉交，轉換）這個動詞。

單字

market 市場

line 線條

red 紅色的

blue 藍色的

color 顏色

transfer 轉換

下一班列車什麼時候抵達/開駛？

What time will the next train arrive? / depart?

會話①

A: What time will the next train arrive?
下一班車什麼時候抵達？
B: The screen shows the next train will arrive in 10 minutes.
螢幕上顯示，車子將在十分鐘內抵達。

會話②

A: When will the train to Taipei depart?

前往台北的車什麼時候開？

B:The train will depart at 10 o'clock.

車子將在十點出發。

解析

當抵達車站，買好車票後，最要注意的就是車子抵達以及出發的時間。不管是火車站、捷運站還是飛機場裡，常常會在班次的儀表板上面，看到標有著「arrived」（抵達）以及「departure」（出發）這兩個字樣。所以當我們向他人詢問時，就是用這兩個詞彙表達是最簡單明瞭的。其他像是「leave」（離開）、「be here」（到這裡）這些單字也可以用來替換使用。

單字

arrive 抵達

depart 出發

next 下一個

screen 螢幕

show 顯示

車子延遲了

The train has been delayed.

會話

A: Excused me, why isn't our train here yet?

不好意思，為什麼我們的車子還沒到？

B:My apologies for that. The train has been delayed due to a repair problem.

非常抱歉，這輛車因為維修問題所以延遲了。

A: How long will it take to be fixed?

要多久才會修好？

B: About 1 hour.

大約一個小時。

活學活用英語會話

大眾交通工具，總是會因為一些天氣或著機器維修上面的問題，影響到出發時間，導致延遲的事情發生。延遲這個字在英文裡面最常用到的便是「delay」這個單字。因為是已經確定的事情，並且還在被延遲中，所以對話例句中使用的是現在完成式。原本的「have」因為前面的第三人稱單數而改寫成「has」。因為車子是被迫延遲的關係，使用被動語態「be動詞」+「過去分詞」形態「delayed」。

單字

yet 還沒

apology 道歉

delay 延遲

repair 維修

problem 問題

fix 修理

Live what you learn.

見面打招呼

初次見面

Nice to meet you.

會話

Nice to meet you.
很高興認識你。
Glad to meet you.
很高興認識你。
How nice to meet you.
很高興認識你。
How do you do?
你好！
How are you?
你好！

在英文裡，初次與人見面打招呼的常用語有很多，其中最常聽到的就是「Nice to meet you.」。通常是在有介紹人的介紹之後，雙方再互相問候打招呼。除了這句以外還很多類似的句子，就看個人的習慣用語而有不同。當有人用這些句子向你打招呼時，也只要回應相同的句子就行了。

單字

nice 美好的
meet 遇見
glade 高興的
how 多麼

自我介紹

Introduce yourself.

會話

A: May I introduce myself? My name is Rosa.

請容我自我介紹。我叫蘿莎。

B: I am Arthur. Are you here traveling?

我叫亞瑟。你是來這旅行的嗎？

A: No, I am a student of the Taipei University.

不是，我是台北大學的學生。

B: I am also studying there.

我也在那邊就讀。

A: What a coincidence!

那真是巧！

解析

到一個新的地方，與初次見面的人交談，如果是打算與之深交的對象，都會先從自我介紹開始聊起。在英文裡，在「my」，「your」，「him/her」，「it」這些主詞的代名詞後面加上「self」，都會變成自己的意思。如果是複數的主詞代名詞則是加上「selves」。

例：yourself（你自己）、himself（他自己）

例：themselves（他們自己）

單字

introduce 介紹

name 名字

travel 旅行

student 學生

university 大學

study 讀書

coincidence 巧合

你是新來的嗎?

Are you new here?

會話

A: I haven't seen you before. Are you new here?

我沒看過你,你是新來的嗎?

B: Yes, I just moved to this neighborhood.

是的。我剛搬進這個社區。

A: Where did you live?

你之前住哪裡?

B: I lived in New York.

我之前住在紐約。

A: Welcome to this neighborhood.

歡迎來到這個社區。

到了一個新的地方，新的環境裡，總是會要跟原本的住民打聲招呼，互相認識。英文在詢問「你是新來的嗎？」時，會用「Are you new here？」這句來詢問。就如同字面上的意思一樣，「你對於這個地方是新的嗎？」

單字

before 之前
new 新的
move 搬移
neighborhood 社區
live 區住

你來自哪裡？

Where are you from?

會話

A: Where are you from?
你來自哪裡？
B: I am from California, United States. I moved here with my parents.
我來自美國加州，我跟著父母一起搬過來的。
A: Do you like here?
你喜歡這裡嗎？
B: Yes, I do. People are nice here.
喜歡，這裡的人都很和善。

解析①

要找一個人搭話前，必須先對對方的背景有足夠了解，像是家鄉、學歷或是與家人的關係。當然這些也是從與對方對話之中能得到的資訊。當外國人面對他眼中的外國人時，最常問出的問題就是「Where are you from?」（你來自哪裡？）。

解析②

美國這個詞在英文裡有兩種通稱，一個是「America」通指「美國」，或「美洲」。另一個則是正式名稱「United States」（美利堅合眾國）。因為美國是由51個州合起來的聯邦國家，所以「State」後面一定要加「S」，來表示很多個州。

單字

from 來自
California 加州
United States 美國(正式名稱)
parents 雙親

好久不見

Long time no see.

會話

A: Long time no see. How are you?
好久不見，你好嗎？
B: I am fine, thank you.
我很好，謝謝。
A: Where have you been?
你跑去哪裡了？
B: I just get back from a trip to Europe.
我去歐洲旅行剛回來。
A: You must here had a great time.
應該玩得不錯吧。

在遇到長時間沒有見面的朋友時，都會說聲好久不見，並關懷一下近日的情況，好加深兩人之間的聯繫。「long time no see」（好久不見。）這個句子，在英文中雖然不符合正式的英文文法，但在華人族群以及美洲住民的廣泛使用下，漸漸演變成非正式的打招呼常用語。所以既使不符合文法，但是講出來，外國人也還是能聽得懂的。

單字

long 長的

back 回

trip 旅行

Europe 歐洲

sound 聽

fun 有趣

你過得好嗎？

How are you doing?

會話

A: How are you doing?
你過得好嗎？

B: Pretty well. How about you?
棒極了，你呢？

A: Not bad. Just a little busy.
還過得去，只是有點忙碌。

B: Take care of yourself.
好好照顧自己。

A: Thanks.
謝謝。

活學活用英語會話

解析

在一般見面時，光是打招呼的用語，在英文裡面就有好幾種不同的句子可用。「How are you doing?」就是其中一種。這句話不管是對於親近的友人，還是完全不認識的客人，都可以使用，以表達關心與問好。回答也是根據當時的心情，像是「Pretty well」（很好）、「It is okay」（過得去）、「so so」（還好）或著是「terrible」（很糟）等等來作回應。

單字

pretty well 還不錯

not 不；否

bad 壞的

busy 忙碌的

care 照顧

yourself 你自己

一切過得如何？

How is everything?

會話

A: How is everything?
最近過得如何？

B: Everything is fine. Thank you.
一切都很好，謝謝。

A: How is your family? I haven't seen them for a while.
你的家人好嗎？好一陣子沒見面了。

B: They are fine. We just talked about you the other day.
他們都很好，我們還常提到你。

A: That is great.
那樣很好。

「How is everything?」這句話在當打招呼用語時，可不是在問所有的事情如何。而是在對許久不見的親朋好友詢問近況時的見面常用語。打完招呼後，也可以將話題移往別的方向，類似對方的身體健康，工作，學業以及其他對方生活周遭的事。如果是認識對方家人的話，家庭生活方面的問題也是一個選擇。

單字

everything 一切事物
family 家庭
while 一段時間
talk 談話
other 其餘的
day 日子

我們曾經見過嗎？

Have we met before?

會話

A: Have we met before?
我們曾經見過嗎？

B: No, I don't think so.
不，我不這樣認為。

A: Are you sure? You look familiar.
你確定？你看起來很面熟。

B: You've must gotten the wrong person.
你肯定是認錯人了。

活學活用英語會話

身處在熱情的外地國家時，女生可能會想著碰到豔遇，男生則會想要去搭訕。「Have we met before?」（我們曾經見過嗎？）以及「You look familiar.」（你看起來很眼熟。）都是一句與陌生人攀談搭訕，拉近距離的常用句子。

當遇到有人以這樣的方式搭訕，卻不想回應時，就可以很果斷的告訴對方「You've got the wrong person.」（你認錯人了。）來阻止對方進一步攀談。

單字

met 遇見(過去式)

think so 認為

sure 確認

familiar 熟悉的

person 人(單數)

我可以跟你要電話號碼嗎？

Can I have your (phone) number?

會話①

A: Can I have your phone number?
我可以跟你要電話號碼嗎？
B: Sorry, I don't give out my phone number.
抱歉，我不給電話的。

會話②

A: Can I have your number?
我可以跟你要電話號碼嗎？
B: Sure.
好呀。

A: I will call you.
我會打給你的。

解析

在國外，由其是美國，對於男生搭訕成功與否，就在於搭訕對方是否有給他電話號碼。如果拿到電話號碼，就代表搭訕成功，反之則沒有。所以當與第一次見面的人聊天聊得很愉快，對方並在最後問了一句「Can I have your number?」（我可以跟你要電話號碼嗎？）時，就表示對方可能滿喜歡與你相處，想要有更進一步的認識，這也算是一場不錯的豔遇。

單字

give out 給出

my 我的

call 打電話

很高興能與你交談

It is nice to talk with you.

會話

A: I think we had a great time.
我覺得我們相處得不錯。
B: Yes, we did.
是呢。
B: It is nice to talk with you.
很高興能與你交談。
A: It is nice to talk with you, too.
我也很高興能與你交談。
B: I am looking forward to talking with you next time.
我很期待下次與你聊天。

解析

「It is nice to talk with you.」（很高興能與你交談。）這句話通常都是用在與對方交談的尾聲時候使用。當一方說出了這句話時，通常也代表著對方想要結束談話的意思。

單字

had 有(過去式)

did do 的過去式

look forward 期待

晚點再見

See you later.

會話①

A: I've got to run. See you later.
我該走了，晚點見。
B: See you.
晚點見。

會話②

A: Have a good day.
祝你有美好的一天。
B: You too.
你也是。
A: See you next time.
下次再見。

解析①

向他人說再見，在英文中除了常聽到的「bye-bye」（掰掰）以外，在面對關係親密的友人時，也會用「see you.」這個詞來道別。後面加上「later」或是「next time」時，則又表示著接下來到再見面時的時間長短。「see you later.」偏向於在接下來的一天之中還有見面的機會的意思。「see you next time.」則是指會有下一次再度會面，但是卻不清楚是什麼時候。

解析②

「I got to run.」這句話並不是說這句話的人要去跑步的意思，而是用了一種比較輕鬆一點的口語來表示自己要離開。其他像是「I have to go.」（我該走了。）或著「It is time to leave.」（是時候離開了。）則是較為正式的用法。

單字

run 跑

later 晚點

Live what you learn.

Chapter 04
商店購物

這家店在打折

This store is on sale.

會話

A: Hey look! This store is on sale.
你看！這家店在打折。

B: Their clearance is 50% off.
他們的清倉品全半價。

A: Do you want to go inside to check it out?
想要進去看看嗎？

B: Of course yes.
當然要。

A: I hope I can find something at a good price.
我希望能找到一些好價錢的物品。

解析

與朋友在路上逛街時，商店的打折看板總是很容易吸引注意，並引誘路人進入商店內採購。但每家推出的折扣方式都不盡相同，可要看清楚他們的折扣方式，才不會在付完錢後，發現有些物品並沒有在折扣商品內。除了百分之多少的折扣以外，也有「Buy one get one free.」（買一送一）「Buy one get second one half price.」（買一第二件半價）等其它折扣標語。

單字

store 店家

on sale 打折

clearance 清倉

of course 當然

something 一些物品

price 價錢

我能幫您什麼嗎？

How Can I help you?

會話①

A: How can I help you?
我能幫您什麼嗎？
B: I am looking for new shoes.
我在找一雙新鞋。
A: Our shoes are all in this section.
我們的鞋子都在這一區。

會話②

A: How can I help you?
我能幫您什麼嗎？
B: I am just looking around.

我只是到處看看。

解析

採購逛街時，一走進店面裡，總是會碰上熱情的店員走上來打招呼，並詢問是否有什麼要幫忙的事情，他們可以代勞。如果有打算要買東西到是還好，但是當只是進店面看看逛逛而已時，在英文裡面可以用「I am just looking around.」（我只是到處看看。）來拒絕店員的幫忙。這時候大部分的店員都會明白客人不想被打擾，而離開去繼續處理店裡的其他事務。

單字

look for 尋找
new 新的
shoes 鞋子
section 區塊
around 到處
just 只是

我可以看看那條項鍊嗎？

Can I see the necklace?

會話

A: Anything I can help you with?
有什麼我可以幫忙的嗎？

B: Can I see the necklace?
我可以看看那條項鍊嗎？

A: Sure. This one?
當然，是這條嗎？

B: No, I want the one with purple crystals on it.
不是，我要那條有紫色水晶的。

A: Okay, this one is 30% off now.
好的，這條項鍊現在有七折折扣。

活學活用英語會話

逛珠寶店，或著一些價位較高的精品店時，為了防止被偷，物品都是陳列在玻璃櫥窗內，直到客人要求，店員才會從櫥櫃中拿出來。向店員告知自己對哪樣商品有興趣，想要近距離觀看時，可以用「Can I see the...」來向店員表示。

單字

anything 任何事

see 看

necklace 項鍊

with 和

purple 紫色的

crystal 水晶

這是我們的新貨

These are our new arrival products.

會話

A: I would like to buy a handbag.
我想要買一個手提包。

B: These are our new arrival products.
這些是我們新到貨品。

A: I like the color. How much is it?
我喜歡這顏色,一個多少錢?

B: It is 10% off, so it will be 270 dollars.
這個有九折折扣,所以是270美元。

A: Let me think about it.
讓我再想想看。

解析①

走近一家店面裡，店員最先會向客人推薦的就是店裡的新商品。在英文裡，不管是「New Arrival Products」（新抵達貨物）或著是「New Arrive」（新抵達），意思都是指新進商品。有時候甚至不用店員介紹，都會有大大的標語擺在一旁，讓進店的客人一目了然。

解析②

在店員熱情的向你推薦許多商品後，還不能決定是否要購買，或著已經確定不想購買，卻又不好意思直接明瞭的拒絕時，可以用「Let me think about it.」（讓我再想想看。）來婉拒。

單字

handbag 手提包

arrival 到達

product 商品

有贈品嗎？

Is there any special offer?

會話

A: How can I help you, sir?
需要什麼嗎？先生。

B: I want to buy a laptop.
我想要買一個筆記型電腦。

A: This one is our best seller in the store.
這一台是我們店裡賣最好的。

B: Is there any special offer?
有什麼贈品嗎？

A: You can get a free 8GB thumb drive.
附贈一個8G的隨身硬碟。

在國內購買東西時，是不是總是喜歡看特價商品？不管是什麼樣的商店，第一個想要找的就是其正在促銷的商品。尤其是3C產品，不跟老闆要到什麼贈品，就覺得不夠划算。當進到一家沒有特別標示出特價商品的店時，這時候就可以用「Is there any special offer?」來向店員或老闆作詢問。

單字

laptop 筆記型電腦

best 最棒的

sell 賣

special 特別的

thumb drive 隨身硬碟

可以試穿嗎？

Can I try it on?

會話

A: Excuse me, can I try these on?
不好意思，可以試穿嗎？

B: Yes. How many do you have?
可以，有多少件？

A: Two dresses and jeans.
兩件洋裝和一件牛仔褲

B: Okay. The fitting room is in the back.
好的，試衣間在後面。

A: Thank you.
謝謝。

解析

採購衣服的時候，因為不確定是否合身，在還未付錢時，最好能夠在當場試穿看看。在國外基本上所有的服裝店都有提供試穿衣服的服務。只是有些店家為了防止不法的客人利用沒監視器的試衣間，將商品放入自己的包包裡偷走。所以總是會跟要試穿的客人確定有幾件衣服將會被帶進去。甚至有些試衣間是鎖起的，必須要跟店員說一聲，店員才會拿鑰匙去開門。所以這一句話在國外買衣服時，是很受用的一句。

單字

try　試用

many　多的

dress　洋裝

jeans　牛仔褲

fitting　room　試衣間

這件襯衫有特大號的嗎?

Do you have this shirt in extra large?

會話

A: Excuse me, ma'am.
不好意思,小姐。

B: Yes, how can I help you?
是,需要什麼嗎?

A: Do you have this shirt in extra large? It is a little bit tight for me.
這件襯衫有特大號的嗎?這件對我來說有點緊。

B: Sorry, this shirt is only made in large.
抱歉,這件襯衫只做到大號。

活學活用英語會話

買衣服的時候，除了款式跟顏色以外，最煩惱的大概就是尺寸了。當場試穿完衣服後，發現大小不合，需要同款不同尺寸的衣服時，或著是在衣架上面找不到自己要找的尺寸時，就可以用「Do you have this in...」這個句子，然後在句尾套入自己所需的尺碼，例如「small」（小號），「medium」（中號），以及「large」（大號）...等等。

單字

shirt 襯衫

extra 多餘的

large 大的

size 尺寸

a little bit 有一點

tight 緊的

有別的顏色嗎？

Is there another color?

會話

A:How is this red scarf?
這條紅圍巾如何？

B: It looks great on you.
你戴起來很好看。

A: And the material is good quality.
而且這質料很好。

B: I might get one too, is there another color?
我可能也想要一條，有別的顏色嗎？

A: I have seen a blue one.
我有看到藍色的。

活學活用英語會話

124

精品店裡的商品，除了款式不同以外，也會同時推
出同款式但是顏色或著花樣不同的商品，提供有著
不同喜好的客人選擇。尤其是當看到自己的朋友拿
起一件商品自己也很喜歡，但是又不希望跟朋友手
上的一樣時，就會看看有沒有同款但不同顏色的。
這時候就能用「Is this have another color?」
或著「different color」（不同的顏色）。

單字

scarf 圍巾

material 材料

quality 品質

might 可能

another 其他的

能為我展示這款商品嗎？

Can you show me this?

會話

A: I want to buy a digital camera.
我想要買一個數位相機。

B: We have Nikon, Canon, or Sony.
我們有尼康、佳能、或索尼的。

A: Can you show me this camera?
能為我展示這台相機嗎？

B: This one has 3,000,000 pixels and waterproof.
這台有300萬像素以及防水功能。

A: It looks nice. I can use it at a water park.
看起來挺不錯的，我能去水上樂園時用它。

活學活用英語會話

在購買東西時，總是會對一樣新出產的商品感到疑問，不清楚有什麼樣的功能。尤其是3C這種多功能的電子產品。當看到櫃台上各種樣式的商品，卻又不知道哪一種適合自己時，就需要店員解說與展示。英文的「show」除了有表演的意思外，當它作為動詞使用時，有展示，拿給他人看的意思。中文裡有些人會說「我秀給你看」的「秀」，就是直接英文「Show」的直音翻譯。

單字

digital 數位的

camera 照相機

pixel 像素

waterproof 防水的

use 使用

water park 水上樂園

可以給我一些試用品嗎？

Can I have a sample?

會話①

A: This is our new lotion, it helps to keep your skin moisturized.

這是我們的新乳液，可以讓皮膚保濕。

B: Can I have a sample?

可以給我一些試用品嗎？

A: Sure. You can try some on your hand.

好的，你可以在手上試一些。

會話②

A: Would you like to sample some?

你願意試一試嗎？

B: Sure, why not?
好呀，為何不？

「sample」這個字不管是名詞或著動詞都有「樣品」，「試用品」或「嘗試」的意思。凡是化妝品的試用品，貨物的樣品或著是店內食物的試吃，都可以用這個字代稱。在國外的化妝品專賣店裡，如果夠大膽的客人，可以在買完東西後，試著向櫃臺售貨員們詢問有沒有試用品可以拿。通常售貨員都會很大方的拿出一盒東西，裡面不外乎放著都是小容量的唇膏或保養品。這些都可以任意挑選，但是也不要太貪心，一次拿太多。

單字

sample 試用品
lotion 乳液
skin 皮膚
moisturized 濕潤的

你們有什麼特價品嗎？

Do you have anything on sale?

會話

A: Do you have anything on sale?
你們有什麼特價品嗎？

B: Yes, there is a sale event today. All lotion are buy one get one free.
有，今天的特價活動是所有乳液買一送一。

A: What scent is the bestseller right now?
什麼味道是現在最暢銷的？

B: Our rose lotion is popular.
我們的玫瑰乳液很受歡迎。

活學活用英語會話

走進店裡，最讓人在意的就是有沒有什麼折扣活動或促銷方案正在進行。「on sale」這個詞在英文裡面就是表示著促銷或著特價的意思。

解析②

一家店面裡總是會有他最暢銷的商品，也是店員最常向客人推薦的商品。「best」的意思是「最好的」，「最棒的」。「sell」的意思是「販賣」。所以賣得最好的東西，結合起來就是「bestseller」。

單字

event 活動

free 免費

scent 口味

right now 現在

rose 玫瑰

popular 受歡迎的

總共多少錢？

How much does it come to?

會話

A: I will take these sun glasses and that hat.
我要這副太陽眼鏡跟那頂帽子。

B: Anything else?
還需要別的嗎？

A: That's all. How much does it come to?
就這些了，總共多少？

B: It comes to 10 dollars.
總共是十美金。

買完東西之後，拿到櫃台前交給店員結帳時，有些人會需要跟店員再度確認價錢。這時候就會用「How much does it come to?」（總共多少錢？）來向店員詢問。除了這句以外，還有「How much are they?」（它們多少錢？），「How much is the total?」（全部多少錢？）等問法可以變化運用。

單字

sun 太陽

glasses 眼鏡

hat 帽子

come to 結果

能再便宜一點嗎？

Can it be cheaper?

會話

A: How much is this watch?
這支手表多少錢？
B: It is 20 dollars.
二十美元
A: Can it be cheaper?
能再便宜一點嗎？
B: It already is our rock bottom price.
已經是最低價了。
A: Fine. I will take it.
好吧，我買了。

在小攤販買東西時，殺價是一樣必備的技能。用自己的母語殺價時，可以很靈活的跟老闆討價還價。但是當要用英文來說時呢？最常用到的問句就是「Can it be cheaper?」

「cheap」是「便宜的」，「廉價的」意思，字尾後面加上了「er」後，意思則變成比較詞「更便宜的」。

單字

watch 手錶

cheaper 更便宜

rock bottom 最低價

保固期是多久？

How long is the warranty?

會話

A: How long is the warranty for this computer?

這台電腦的保固期是多久？

B: It comes with a 1 year manufacturer warranty.

這家公司提供一年的保固。

A: Can I make it longer?

我能要長一點嗎？

B: Yes, you can buy three years extended warranty for only 90 dollars.

可以，你可以買三年的保固，只要九十美元。

解析

家用電子產品或著3C商品，因為是精密的機械商品的關係，廠商會向購買者提供一年到兩年的維修保固，以保護顧客的權益。除了本身附贈的保固期外，在國外還能夠額外加購或延長保固，並且擁有不同的方案供顧客選擇。在國外有些電子產品如果在保固期間有損壞，其原廠公司甚至會直接寄一個全新的產品給顧客更換使用。

單字

warranty 保固
computer 電腦
company 公司
offer 提供
longer 更長的

現金還是信用卡？

Do you want to pay by cash or credit card?

會話

A: The total is 30 dollars. Do you want to pay by cash or credit card?
總共是30美元。請問是要付現還是刷卡？

B: Do you take VISA?
你們收VISA嗎？

A: Yes, we do.
我們收。

B: Then I'd like to pay by credit card.
那麼我要刷卡。

在國外使用信用卡付錢的人非常的多，甚至只是一筆三到四塊美金的交易，使用信用卡付錢的大有人在。所以在付帳時，有時會聽到結帳人員向顧客詢問要如何付帳，現金還是刷卡？但是也有人不會問出選擇，而是直接問「How do you want to pay?」（你想要怎麼付錢？）

在美國，除了現金和信用卡付錢以外，使用「check」（支票）付錢也是一件很平常的事。

單字

cash 現金

credit 信用

card 卡片

我要更換這件外套

I would like to exchange this jacket.

會話

A: I would like to exchange this jacket I bought yesterday.
我想要換這件昨天買的外套。

B: Why do you want to exchange it?
為什麼要換貨？

A: This one dose not fit.
這件不合身。

B: You can put this jacket here first and go to find the size you want.
你可以先將這件放在這，然後去找你要的尺寸。

在國外購物很方便的是，如果買到不合尺寸或著衣服上面有瑕疵時，拿著商店的收據都可以拿回去店家，對著櫃檯人員說一聲「I would like to make exchange.」櫃台人員便會替你做更換的手續。當然不僅僅是衣服而已，除了生鮮食物以外，其他生活上的商品基本上都可以拿到購買的店裡去更換，非常的方便。

単字

exchange 更換

jacket 外套

fit 合身

我要退貨

I want to return it.

會話

A: I want to return it.
我想要退貨。

B: Is there anything wrong with it?
物品有什麼問題嗎？

A: No, I just don't want it.
沒有，只是不想要了。

B: May I have the receipt.
請給我收據。

A: Here you are.
在這裡。

解析

物品除了能做更換以外，也還可以退貨。所以在國外如果買到不喜歡的東西，都可以試著拿回到商店內去退貨。就算是已經被拆封的亂七八糟，只要購買時該有的零件都還在，就可以退貨。

雖然有時店員會詢問退貨原因，但是並不會有任何影響，就算只是說聲「我不想要了」他們也會接受這樣的理由。只是，有什麼瑕疵時最好跟店員說清楚，這樣店員才能明確的跟原產公司反應並做改善。

單字

return 退還

wrong 錯誤

give 給予

receipt 收據

你們的營業時間是？

What are your store hours?

會話

A: What are your store hours?
你們的營業時間是什麼時候？

B: Our store hours are 11 a.m. to 10p.m. on weekdays.
我們周間營業時間是早上十一點到晚上十點。

A: How about the weekends?
那周末呢？

B: We are open from 11 a.m. to 11p.m. on Saturdays and closed on Sundays.
我們星期六從早上十一點開到晚上十一點。周日不營業。

解析

走近一家店裡面時，除了他們在販賣的商品或著任何折扣活動以外，還需要注意的便是店家的營業時間。除了看門口的標示以外，向店員詢問也是一種方法。通常營業時間在周間跟周末都會有些微的差距。有一些是提早營業，有一些則是較晚打烊。在國外，因為夜生活並不像台灣那樣的熱鬧，所以很多店在晚上九、十點就打烊了。一些小型精品店甚至五、六點就已收攤。所以在國外逛街時，注意營業時間是很需要的。

單字

store hours 營業時間

weekday 周間

weekend 周末

Saturday 星期六

Sunday 星期日

Live what you learn.

Chapter 05
餐廳吃飯

我要預約今晚兩個人的位子

I want to make a reservation for two tonight.

會話

A: Thank you for calling. How can I help you?

感謝您的來電,我能幫您什麼嗎?

B: I want to make a reservation for two tonight?

我要預約今晚兩個人的位子。

A: What time would you like?

要訂幾點的呢?

B: Is 7 o'clock available?.
七點可以嗎？
A: Sure. We will make your table ready at 7 tonight.
好的。我們會在七點將您的桌子準備好的。

解析

每到吃飯時間或著是周末放假的日子，當要去熱門的餐廳吃飯時，如不事先預約好位子，很容易遇到客滿或著是要在門口等一段時間才能進到餐廳裡。要跟餐廳或著是旅店預約時，可以用「make a reservation」並在句子後面加上「for 人數」，來表示需要幾個人的位置。

單字

reservation 預約
available 可用的
table 桌子
ready 準備好
call 打電話

請問有預約嗎？

Do you have a reservation?

會話

A: Welcome, sir.
先生，歡迎光臨。

B: I would like a table for two.
我要兩個人的位子。

A: Do you have a reservation?
請問有預約嗎？

B: No, I don't.
沒有。

A: I'm sorry, but we are fully booked tonight.
非常抱歉，今天晚上的訂位已經客滿了。

解析

在一些較為熱門的或著是高級一些的餐廳，一走進門，在服務生向客人問好之後，都會伴隨著一句「Do you have a reservation?」（請問有訂位嗎？）的詢問。如果有，這時候就可以向服務生報上當初訂位時所留下的名字或電話。

單字

sorry 對不起
but 但是
fully 滿的
book 訂位

請問有幾位？

How many in your group?

會話

A: Good evening. How many in your group?
晚安，請問有幾位？
B: We have 4 people.
我們有四位。
A: Smoking area or non-smoking?
抽菸區或非抽菸區？
B: non-smoking please.
請安排在非抽菸區。
A: Okay, follow me please.
好的，請跟著我。

到國外的餐廳裡用餐時，可不要一進門就自己找座位坐下去。通常餐廳都會將櫃台擺放在門口處，或著有一個小型工作檯擺放在那。之後便有服務生會前來向客人詢問總共有幾位，並由他們帶位進入。有些餐廳也會分成抽菸區或非抽菸區，所以服務生會詢問客人想要坐在哪一個區塊，如果服務生沒有提起時，也可以由客人主動要求。

單字

group 團體

people 人們

smoke 抽菸

non- 不；非

follow 跟隨

please 請

需要什麼飲料？

What would you like to drink?

會話

A: Here is our menu. What would you like to drink.

這是我們的菜單，飲料需要什麼嗎？

B: Can I see the beverage menu too?

我能看看你們的飲料單嗎？

A: Of course. Here you are.

當然，給您。

B: Can it be refilled if I order coke?

如果我點可樂，可以續杯嗎？

A: Yes, you can.

可以。

在美國的餐廳吃飯時，服務生都會在正式點餐前，先詢問客人想要什麼飲料。除了水是免費的以外，其他的飲料都要兩塊美金左右以上的價錢。但是可樂，紅茶等輕飲料，在大多數的餐廳裡都是無限續杯的，所以並不會不划算。如果不確定飲料是否有續杯的優惠，可以在點餐之前，向服務生詢問。

單字

menu　菜單

drink　喝；飲用

beverage　飲料

refill　續杯

order　點餐

需要來些開胃菜嗎？

Would you like some appetizers?

會話

A: Would you like some appetizers?
需要來些開胃菜嗎？

B: Sure. I'd like a house salad.
好呀，我想要一份主廚沙拉。

A: What kind of dressing do you like with your salad?
您的沙拉想要什麼樣的醬料？

B: Thousand Island.
千島醬。

解析①

國外餐廳的菜單打開的第一排餐點，通常是「appetizers」開胃菜，或著前菜。是一些可以跟同桌人一起分享食用的小點心，或著是湯品沙拉。只是其價位都與一份正餐的價錢差不多，所以與朋友一同分享會是比較好的選擇。

解析②

「dressing」在這裡不是指衣服或著穿衣服的意思，而是淋在生菜沙拉上面的沙拉醬。所以當有點沙拉，服務生詢問要什麼沙拉醬時，不要以為服務生在問衣服相關的事。

單字

appetizer 開胃菜

salad 沙拉

dressing 沙拉醬

thousand 千；一千

island 島嶼

有什麼推薦的餐點嗎？

What do you recommend?

會話

A: Are you ready to order?
您準備要點餐了嗎？

B: hmm...I still can't decide.
嗯...我還是不能決定。

A: Do you need a minute?
你需要幾分鐘再決定嗎？

B: What do you recommend?
有什麼推薦的餐點嗎？

A: Our steak is pretty good.
我們的牛排滿不錯的。

看著菜單上各種食物的名字與圖片，每樣餐點都讓
自己食指大動，而無法決定要點哪一道菜時，不妨
詢問餐廳裡的服務生，有什麼推薦的餐點。

單字

decide 決定
recommend 推薦
steak 牛排
pretty good 滿不錯的

我要點餐

I am ready to order.

會話

A: I am ready to order.
我要點餐。
B: Okay. What would you like to order?
好的。您想要點什麼?
A: I'd like a 10 ounce rib eye steak.
我想要一份10盎司肋眼牛排。
B: How would you like your steak?
您想要您的牛排幾分熟?
A: Medium rare.
三分熟。

當決定好餐點時，就可以跟服務生揮揮手，並告訴他可以替你點餐。其中牛排是國外餐廳裡最常提供的食物。在點牛排時，服務生都會回問客人希望他們的牛排的熟度。在英文裡分別是「rare」（一分熟）、「medium rare」（三分熟）、「medium」（五分熟）、「medium well」（七分熟）以及「well-down」（全熟）。

單字

ounce 盎司
rib eye 肋眼
medium 中間的
rare 半熟的

請多給餐具

Can we have extra tableware?

會話

A: Can we have extra tableware? We still have a friend coming.

請多給餐具，我們還有朋友要來。

B: Sure, how many do you need?

好的，還需要多少？

A: Just one, and can we have some more napkins?

再一個就好，然後可以在要多一些餐巾紙嗎？

B: Okay, I will bring them to you.

好的，我馬上拿來。

解析

抵達位子坐下後，如果發現桌上的餐具不夠時，或著是吃飯吃到一半，使用中的刀叉不小心掉落時，就會需要跟服務生再要一副餐具。在英文中，"tableware"字面上的意思是「桌子的物品」，是餐具的總稱。個別常會用到的餐具英文為「fork」（叉子）、「knife」（刀子）、「spoon」（湯匙）以及亞洲餐廳會用到的「chopsticks」（筷子）。

單字

tableware 餐具
more 更多的
napkin 餐巾紙
bring 拿

向服務生多要些麵包

Ask the waiter to bring some more bread

會話

A: The bread and drinks in this restaurant are refillable.

這家餐廳的麵包跟飲料是可以續點的。

B: Does that mean I can eat as much as I want?

那是指說可以任我吃囉？

A: Yes. I want to ask the waiter to bring some more bread. Do you want some?

是的，我要向服務生多要些麵包，你要一些嗎？

B: Of course yes!
當然要！

解析

在國外的餐廳裡面，都會有餐前的麵包提供給客人在正餐上來前食用。而這些麵包如果吃不夠，都還可以向服務生多要一些。在英文裡不管是續杯或是續盤，都是用「refill」這個詞來形容。fill本來就有填滿的意思，前在加上「re-」則變成有循環、重複的，續杯的意思。

單字

restaurant 餐廳
refillable 可續點的
mean 意指
as much as 和...一樣
waiter 男服務生

需要餐後點心嗎？

Would you like some dessert?

會話

A: How was your meal?
覺得餐點如何？

B: It was delicious.
非常好吃。

A: Would you like some dessert?
需要餐後點心嗎？

B: No thanks. I am really full.
不了，謝謝。我很飽。

A: Okay, I'll bring your check.
好的，我將把您的帳單送上。

解析

在用完餐點之後，服務生前來收拾餐盤時，除了詢問客人對餐點的滿意度外，還會詢問客人是否要蛋糕或著咖啡紅茶之類的餐後甜點。如果還有胃口，當然是可以向服務生說「Yes」。只是，國外一餐的份量通常都很多，在吃完正餐後大概也已經吃不下甜點了吧。

單字

dessert 點心
meal 餐點
delicious 美味的
full 滿的；飽的
check 帳單

我們點的食物還沒來

The food we ordered isn't here yet.

會話

A: Excuse me.
不好意思。

B: How can I help you, sir?
有什麼我能為您效勞的嗎？

A: The food we ordered isn't here yet.
我們點的食物還沒來。

B: I'll go check on it for you, sir.
我這就去幫你查。

A: Ok. Please be quick.
好的，請快一點。

活學活用英語會話

點完餐之後，發現已經等了很久，自己的餐點卻遲
遲沒有送過來時，揮手將服務生招來詢問。因為整
個句子所要表達的重點是在食物上面，所以將食物
作為主詞放在句首加以強調，並用「we ordered」
來形容是已經點過的餐點。

單字

ordered 點過的
quick 快的

Track-073

需要外帶餐盒嗎?

Do you need a to go box?

會話①

A: Do you need a to go box?
需要外帶餐盒嗎?
B: No. we're good.
不用。

會話②

A: Can we have to go boxes?
我可以要幾個外帶盒嗎?
B: Sure. How many do you need?
好的,請問要幾個?
A: Two please.
請給我兩個。

解析

前幾頁有提到，國外的餐點通常份量都很大，食量不是很大的客人通常都會剩下。所以在國外，尤其是美國的餐廳，將吃剩下來的食物打包回家，是一件很常見的事情。每家餐廳也都會提供外帶的盒子讓客人打包。平常服務生看到客人的餐盤裡還有剩下時，便會主動詢問。

單字

to go box 外帶用餐盒

我請客！

It's my treat.

會話

A: I am hungry.
我餓了。
B: Let's go out and eat!
我們出門吃飯吧。
A: No, I am broke.
不行，我沒錢了。
B: Don't worry. It's my treat.
別擔心，我請客。
A: Really? You're so generous!
真的嗎？你真慷慨。

想要請朋友吃飯時，英文可以用「It's my treat.」從字面上的意思來看是「這是我的招待。」也就是「我請客。」的意思。

其他像是「I'll pay the bill.」（我會付帳。）、「it's on me」（交給我吧。）等句子，可以在結帳的時候說出來，告訴朋友這餐由你請客。

單字

treat 招待

eat 吃

broke 破產的

worry 擔心

generous 慷慨的

各付各的

Go Dutch.

會話

A: How we gonna pay this check?
我們要怎麼付這帳單？
B: Let's go Dutch.
我們各付各的吧。
A: Okay. How much is mine.
好啊，我的是多少？
B: You had a soup and a hamburger, which will be 10 dollars.
你點了一碗湯跟一個漢堡，總共是十美元。
A: Did I eat that much?
我有吃那麼多嗎？

活學活用英語會話

174

「go Dutch」這個詞字面上雖然看不出來,但是他卻是英文口語裡常用,表示「各付各的」意思。原本是當初英荷戰爭,英國人拿來貶低荷蘭人,暗指荷蘭人自掃門前雪,戶不關心的詞彙,慢慢演變成現在與朋友一同吃飯,各自付各自帳單的意思。而原本的貶低意思也早就不了了之。

單字

go Dutch 各付各的

soup 湯

hamburger 漢堡

可以將帳單分開嗎？

Can you separate the check?

會話

A: How are you gonna pay?
請問要怎麼付錢？
B: Can you separate the check?
可以將帳單分開嗎？
A: How many checks do you want?
需要分成幾張呢？
B: Can you separate it into four checks, please?
請分成四分。
A: No problem.
好的。

活學活用英語會話

176

與朋友一同出去吃飯時，當然不可能每次都是由某一個人付整張帳單的錢。所以當服務生上前詢問如何付張單時，就可以跟服務生詢問「Can you separate the check?」（可以將帳單分開嗎？）

解析②

「gonna」的意思其實就是「going to」，是把兩個字念的速度加快並且聯字發音時的口語念法。

單字

separate 將...分開
gonna =going to (口語)
pay 付錢

Live what you learn.

Chapter 06

速食餐廳

內用還是外帶？

Is it for here or to go?

會話

A: Welcome. What would you like to order?
歡迎光臨，需要點些什麼？
B: I would like to order a cheeseburger.
我要一個起司漢堡。
A: Is it for here or to go?
內用還是外帶。
B: To go.
外帶。
A:That will be 3 dollars.
總共是三塊美金。

解析

不管是速食餐廳，還是普通小型餐館，都有提供客人在店內用餐或著外帶的服務。尤其是去速食餐廳用餐時，有時是點餐前，有時是點完餐之後，服務人員都會向客人詢問餐點是要內用還是外帶。在英文裡，有時候服務人員會將句子縮短，只用「here or to go?」來作問句。也有人會用「take out」（外帶）來代替「to go」一詞。

單字

cheeseburger 起司漢堡

請問有菜單嗎？

Is there a menu?

會話

A: Is there a menu?
有菜單嗎？
B: Yes, here you go.
有，菜單給您。
A: I'll have chicken noodle, and a small tea.
我要雞肉麵跟一杯小杯的茶。
B: Is that all?
就這些嗎？
A: Yes, that's all.
對，就這些。

在國外的餐廳種類是各式各樣的，就算是同樣的菜，在不同的餐廳裡，菜名、菜色以及價錢都不盡相同。這些資訊就要從菜單裡面去獲得。

當走近一家餐廳時，前面還有人在點餐，這時便可以先向服務人員詢問「Is there a menu?」（有菜單嗎？），來要一張菜單，先作研究，決定等會要點的食物。

單字

chicken 雞肉

noodle 麵

small 小的

tea 茶

我要點一份1號餐

I'd like a combo No.1.

會話

A: What can I get for you?
要點些什麼？

B: I'd like a combo No.1.
我要點一份1號餐。

A: Anything else?
還有要什麼嗎？

B: I want to change the French fries to onion rings.
我要把薯條換成洋蔥圈。

A: No problem.
沒問題。

出國旅行，不管是不是要省點錢，或著是去朝聖。總是要去試試道地的速食餐廳的餐點。速食店最方便的就是已經把其餐點弄成一個個套餐，讓客人容易點餐。不必要說出全名，只要告訴服務人員自己要的是哪一號餐，就算遇到不會念的字，也可以輕鬆點餐。

單字

combo 結合(物)
French fries 薯條
onion 洋蔥
ring 圈狀物

要什麼飲料？

What kind of drink?

會話

A: What kind of drink?
要什麼飲料？
B: I'd like coke, light on ice.
我要可樂，少冰。
A: Is Pepsi okay?
百事可樂可以嗎？
B: That is fine.
可以。

解析

速食店裡的套餐都會附上一杯飲料，但是店內的飲料選擇有很多種，所以在點完餐之後，服務人員會向客人詢問要什麼附餐飲料。最常點的不外乎就是可樂。在美國分別有可口可樂與百事可樂兩個大型飲料公司，分別有自己的市場與簽約的餐廳。如果在提供百事可樂的餐廳裡只說要「coke」卻沒有講明哪個牌子時，服務人員都會進一步詢問，確保客人可以接受。

單字

coke 可樂
light 輕的
ice 冰
Pepsi 百事可樂

可以多要些蕃茄醬跟紙巾嗎？

Can I have some more ketchup and napkins?

會話

A: Can I have some more ketchup and napkins?
可以多要些蕃茄醬跟紙巾嗎？

B: Is this enough?
這樣夠了嗎？

A: Yes, and I also need a straw.
夠了，然後我還需要吸管。

B: It's right there next to the beverage

machine.
吸管在飲料機旁邊。
A: Thank you.
謝謝。

解析

醬料與餐巾紙也是在速食餐廳裡吃漢堡薯條等常用到的東西之一，但是有些餐廳怕客人過於浪費，所以並不提供客人自由拿取。如果發覺醬料不足時，便可以向櫃臺人員多要求一些。只是有時候要注意，有些店裡的醬料是要多算錢的。

單字

ketchup 蕃茄醬
enough 足夠的
straw 吸管
machine 機器

得來速點餐

Order by drive through.

會話

A: How are you. Would you like to try our new hamburger today?

您好，今天要試試看我們新推出的漢堡嗎？

B: No thanks. I' d like to have a No.3 with a large Sprite.

不用，謝謝。我要一個三號餐配一杯大的雪碧。

A: Anything else?

還需要什麼嗎？

B: That's all.

就這樣。

A: The total is $10.32. Please drive to the second window.

全部是10塊32，請開到第二個窗口付錢。

解析

在美國因為土地很大，所以除了在比較擁擠的大城市以外，基本上所有的速食餐廳都有不用下車就能直接點餐購買的「drive though」（得來速）。其點餐方式其實與走入店內的方式並沒有什麼不同，只是在點完餐之後，點餐人員會請客人將車子往前開到前面的窗口付錢並取餐。有些還有付錢跟取餐的窗口分開的設計。

單字

drive   through   得來速

Sprite   雪碧

drive   開

second   第二的

window   窗戶

電話訂餐(一)

Order by Phone.

會話

A: Thank you for calling. How may I help you?

感謝您的來電,需要什麼嗎?

B: I'd like to make an order.

我要訂餐。

A: Is it going to be delivery or pick up?

外送還是來取?

B: Delivery.

外送。

A: May I have your phone number and address first?

可以先給我您的電話跟住址嗎?

B: Sure. My phone number is...
好的，我的電話是...

解析

在美國，打電話訂購外送也是很常見的事。每一家的接待順序都不盡相同，但到也是大同小異。除了會跟客人要送餐的地址以外，還會要客人的聯絡電話號碼，以確定送餐人員在找不到住址時，可以打電話跟客人做確認，讓外送人員不會像無頭蒼蠅一樣到處亂晃。

單字

delivery 外送
pick up 來取
phone 電話

電話訂餐(二)

Order by Phone.

會話

A: I'd like to order a fried rice, and I'll pick it up.

我要點一個炒飯，等等會來取。

B: It will be Five dollars.

總共是五塊美元。

A: How long will it take?

要多久會好？

B: It's gonna take about 10 minutes.

大概要十分鐘。

A: I will be there soon.

我馬上就到。

為了節省在餐廳等待餐點烹煮的時間，有些人會選擇先打電話到餐廳點好餐，並在時間差不多時，再到餐廳拿已經準備好的餐點。

單字

fried 炒的；炸的
rice 飯
soon 很快的

餐點送達

Delivery been has arrived.

會話

A: You have ordered a large Hawaiian pizza.

您有點一個大的夏威夷披薩。

B: Yes, thank you.

是的,謝謝。

A: Can you sign the credit card receipt?

能在信用卡簽單上簽名嗎?

B: Sure. And here is your tip.

好的,這裡是你的小費。

A: Thank you, ma'am. Have a great evening.

謝謝您,女士。祝您有個美好的夜晚。

活學活用英語會話

在美國點外送服務時，除了本來的餐點費用外，每一餐都要加上「deliver fee」（外送費），以及「tip」（小費）。

小費在美國是一個很常見的文化，不管是餐廳還是飯店，只要是有被服務到的情況下，都要給予小費，這是對於服務人員的基本禮貌。小費計算則是餐點費用的10%-15%為準。

單字

pizza 披薩

Hawaiian 夏威夷

sign 簽名

tip 小費

Live what you learn.

Chapter 07
在學校的閒聊

你的主修是？

What is your major?

會話

A: What is your major?
你的主修是什麼？
B: I am a business major.
我主修商科。
A: What year are you?
你幾年級？
B: I am a freshman.
大一。
A: Me too, but my major is engineering.
我也是，不過我是主修工程

「major」這個詞平時的意思是「主要的」，「最大宗的」的意思，但是如果是問跟大學有關的時候，意思就是在問主修的科系。聊到大學生活時，多少都會詢問到這種問題。

在美國的高中跟大學都是四年制，其中英文的學年是以「freshman」（新生），「sophomore」（二年級），「junior」（三年級），和「senior」（四年級）來表示。

單字

major　主修；主要的

business　商業

year　年

freshman　新生；大一

engineering　工程學

可以跟你借筆記嗎？

Can I borrow your notes?

會話

A: Can I borrow your notes? I was absent last class.

可以跟你借筆記嗎？我上一堂課缺席。

B: Sorry I can't lend you mine. I didn't come either.

抱歉，我不能借你。我也沒有來。

A: I guess I will borrow from someone else.

我想我要跟別人借了。

B: I think the professor put his note on his website.

教授有把他的筆記放在網路上。

A: Really? I will go check it.

真的嗎?我去查看。

當課堂有缺席,而有幾篇課程的筆記沒有齊全時,跟鄰近的同學或著朋友借筆記是在學校很常發生的事情。英文的「借」這個字有兩個,一個是「borrow」,用在向他人借物品時。另一個是「lend」,用在將物品借給他人時。

例: The novel I borrowed from Jimmy is so funny.

那本我跟傑米借的書很有趣。

例: Do you need a pen? I can lend you one.

你需要一隻筆嗎?我可以借你一隻。

單字

borrow 借

lend 借

note 筆記

absent 缺席的

someone 某人

professor 教授

website 網頁

我們下次的考試是什麼時候？

When is our next test?

會話

A: Professor, When is our next test?
教授，我們下次的考試是什麼時候？
B: It will be next Monday.
下禮拜一。
A: What type of questions are there?
有什麼樣的題目？
B: There will be 40 multiple choice, 10 fill in blanks and 2 extra credit on the test.
考試將會有40題選擇題，10題填空以及2題加分題。

考試，是每位學子在求學路程中，都會遇到的夢魘之一。考試的題目與題型總是會依照老師的規矩而有所不同。有時，如果能事先知道題型，在複習的準備上，說不定能有些幫助。我們常遇到的考試題型不外乎就是選擇題，填空，以及問答題。不過，在國外的學校裡，因為要鼓勵學生能夠自主的學習課堂以外的相關資訊，有些老師或教授會在考試時，或著是報告上，提供學生爭取額外分數的機會，在英文裡就叫做「extra credit」。

單字

Monday 禮拜一

type 種類

question 問題

multiple 多重的

choice 選擇

blank 空格

口語報告你有組員了嗎？

Do you have partners for the oral presentation?

會話

A: Do you have partners for the oral presentation?

口語報告你有組員了嗎？

B: No, I don't

沒有。

A: Why don't you join our group?

要不你來加入我們這組？

B: Sure.

好呀。

解析

在大學裡，為了要訓練學生們與他人合作的默契，有些教授會要求學生自己找組員，互相合作，完成規定的作業報告。並且在規定的課堂上面將所找到的資料整合起來，向全班口頭演講。「presentation」這個字在英文裡原意是「表現」、「呈現」等意思。衍生成在學校課堂上，或著公司會議中，將自己準備好的資料，以投影片或著多份複印本的方式，口頭報告呈現給他人。

單字

partner　夥伴
oral　口頭的
presentation　表現
join　加入

約在圖書館進行小組討論

Group meeting in the library.

會話

A: Do you have time tomorrow?
你明天有空嗎？
B: Yes. Why do you ask?
有啊，為什麼這樣問？
A: We are going to have our group meeting tomorrow.
我們明天要小組討論。
B: I see. What time will it be?
我了解了，幾點？
A: Five thirty in the afternoon at the library.
下午五點半在圖書館。

在找到分組討論的組員後，就是要相約一個時間點一起討論每個人要負責的作業。圖書館當然是最好的選擇之一。「group meeting」字面意思是「團體的會議」也就是英文裡的小組討論的意思。

在圖書館裡要進行小組討論時，如果不想讓會議的討論吵到或影響到旁邊其他正在讀書的學生們時，都可以向圖書館的櫃檯借「meeting room」來使用。只是通常在學校的考試準備周間，都會是爆滿的狀態。對於外國的學生們，小組討論不僅僅是製作報告用，在複習課業上也很有幫助。

單字

meeting 會議

library 圖書館

tomorrow 明天

ask 問

我今天有個報告要交

I have a report due today.

會話

A: Hey, you looked so tired.
嗨！你看起來很累。

B: I stayed up all night yesterday.
我昨天熬夜了一整晚。

A: What happened?
怎麼了？

B: I have a report due today.
我今天有個報告要交。

A: I totally understand. Good luck.
我完全理解，祝你好運。

解析

徹夜未眠只為了將明天要遞交給教授的報告寫完，這種經驗想必許多大學生們都能夠體會。把作業拖到最後一天才寫，或著是考試前一天才拼命熬夜讀書，這是現在許多大學生的通病。在英文裡面要敘述自己熬夜了一整晚沒睡覺，正是用「stay up all night」來形容。「stay up」從字面上來解釋就是「保持清醒」，加上後面的「all night」「一整」，就演變成熬夜的意思。

單字

report 報告

due 應支付的

stay up 醒著

totally 完全的

understand 理解

good luck 祝好運

考試週

It is finals week.

會話

A: How is everything?

你好嗎？

B: I am gonna be crazy!

我快瘋了！

A: What's going on?

怎麼了？

B: It is finals week! I have six exams coming up.

現在是期末考周，我有六個考試。

A: That is horrible!

那真是太可怕了。

解析

在美國的大學裡，期末考試是跟課堂是分開來的。
在每個學期的最後一堂課結束之後，還有一個禮拜
左右的時間，是學生們的期末考的時間。「final
exam week」簡稱「final week」。

各科考試的時間都是由學校來安排，所以與其他課
堂的考試衝突的機會並不多，但是卻很容易發生有
些學生很早就考完試，有些學生卻要等到最後一天
才解脫。如果又碰上一天裡面有多科考試，或著是
有報告要交的狀況，真的是會讓學生們手忙腳亂
的。

單字

crazy 瘋狂的
final 最後的
week 周
come up 即將來臨
horrible 恐怖的

我需要補考

I am going to have a make up test.

會話

A: Do you still have previous notes for our class.

你還有之前課堂的筆記嗎？

B: Yes, but why do you need them?

有。你要筆記做什麼？

A: I am going to have a make up test.

我需要補考。

B: Okay. I will send you an e-mail later.

好呀。我晚點寄電子信件給你。

A: Thanks a lot.

非常感謝。

解析①

因為課堂缺席或著對於之前考試不滿意時，都會向教授詢問補考的機會。在國外大部分的教授為了幫助學生能夠順利將課程修完，都會盡可能的提供彌補方案。

「make up」的意思是「彌補」、「補償」。將之與「test」（考試）放在一起，就是「補考」的意思。當要說對他人做補償時，則是在後面加上「to」+對像。

例：I will make up to you. 我會對你補償。

解析②

要記住「make up」這兩個字一定要分開寫。如果寫成「makeup」就變成化妝的意思了。

單字

make up 彌補賠償

previous 之前

send 寄送

e-mail 電子信件

a lot 非常

中午吃些什麼好？

What do you want for lunch?

會話

A: The class is finally over.
課堂終於結束的。

B: Yep, I am starving.
是啊，我好餓。

A: What do you want for lunch?
午餐你想要吃什麼？

B: I am thinking about Chinese food.
我在考慮中國菜。

A: That is a good idea.
那是個好主意！

剛上完一早上的課程，早已經是飢腸轆轆了，但是
對於中午的午餐卻拿不定主意的經驗很多人都有。
不只如此，平時與朋友相聚在一起時，也是會遇上
吃飯的時間而無法決定。唯一能確定的是自己已經
快餓扁的肚子。「hungry」（餓）這個是很多人都
知道的單字，而英文還有另一個字「starving」，
是比「hungry」高一等的形容詞，翻譯為「飢餓
的」。這詞都用在較為嚴重或著是誇大的詞句上
面。

例: I'm starving! I can eat a cow.
我餓到能吃下一頭牛。

單字

finally 終於地

over 結束

starving 飢餓的

lunch 午餐

good idea 好主意

周末有空嗎？

Are you free on the weekend?

會話

A: Are you free on the weekend?
周末有空嗎？
B: Yes. I don't have anything to do on the weekend.
有。我周末沒有任何事要做。
A: Do you want to hang out.
要不要一起出去？
B: Okay. Where do you want to go?
好呀。你想去哪裡？
A: Let's go hiking.
我們去健行吧。

「free」最常用到的意思就是「自由的」，在對話中一開始的問句說到「Are you free on weekend?」字面上看過去是說「這個周末你自不自由？」。將語句弄順一點就是問說「周末有沒有空？」的意思。所以在英文裡，「free」也常表示為「空閒的」的意思。

例: I like to read novel in my free time.

我喜歡在空閒時間讀小說。

單字

free 自由的

hang out 一起出去

hike 健行

Live what you learn.

我今天早上碰到塞車

I ran into traffic this morning.

會話

A: I ran into traffic this morning.
我今天早上碰到塞車。

B: Is it because the rush hour?
因為尖峰時刻嗎？

A: No, the radio said there was an accident on the highway.
不是，廣播說在高速公路上有一場車禍。

B: Oh, that's terrible.
喔！那真是太可怕了。

活學活用英語會話

222

不管是國外還是台灣，在早上的上班時間以及下午的下班時間，都是交通最繁忙的時間。「rush hour」就是指稱因為車子過多而導致塞車的尖峰時刻。然而，會造成路上塞車的原因，除了上下班時的車多以外。還有與多各種不同的原因存在。在會話例句中，所提到的車禍「car accident」也是常見的交通事故。

單字

run into 使捲入

traffic 交通

rush hour 尖峰時刻

radio 收音機廣播

accident 意外

highway 高速公路

terrible 可怕的

會議幾點開始？

When will the meeting start?

會話

A: Hey, do we have meeting today?
我們今天要開會嗎？
B: Of course, did you forget?
當然，你忘記了嗎？
A: So when will the meeting start?
所以，會議幾點開始？
B: In just 5 minutes.
五分鐘後。
A: Fortunately I didn't miss it.
還好，我沒錯過。

活學活用英語會話

224

在多人數的公司行號裡，為了確定公司未來規劃以及許多大大小小的事務，都會招集員工進行會議討論。在英文中「meet」本是一個表示「會面」的動詞單字，在後面加上「ing」後變化成名詞，則有「會議」的意思。

單字

forget 遺忘

start 開始

miss 錯過

fortunately 幸運地

提案準備好了嗎？

Did you finish your proposal?

會話

A: Did you finish your proposal?
提案準備好了嗎？

B: Not yet. I am still working on the marketing survey.
還沒，我還在做市場調查。

A: You have to hurry.
你動作要快一點。

B: Why? I thought the presentation is next week.
為什麼？不是下禮拜才要報告？

A: But you have to hand in your proposal first.

活學活用英語會話

但是你的提案必須先交上去。

解析①

「proposal」、「marketing」、「survey」以及
「presentation」這些字都是在商業業務裡面常常
會遇到的單詞。對於從事業務或著讀商學系的人來
說，並不會感到陌生。

解析②

在學校篇裡有提到說，可以用「due」這個字來形
容繳交報告的這個動作。「hand in」也是一種
用法。只是「due」是指說因為截止日期而交，
「hand in」則是報告完成後上交，但不一定是截
止日期當天。

單字

proposal 提案
work on 在製作
marketing 市場
survey 調查
hand in 上交

可以幫我一個忙嗎？

Can you do me a favor?

會話

A: Can you do me a favor?

可以幫我一個忙嗎？

B: Sure. How can I help you?

好呀，要幫你什麼？

A: Can you help me to copy these documents.

可以幫我複印這些文件？

B: How many copies do you need?

你需要印幾份？

A: Ten copies please.

請幫我印十份。

當工作忙碌到分身乏術時，總是會要尋求他人的幫助。尤其是在工作上面，透過與其他同事們互相分工合作，這樣做起事來才會更加的有效率。在英文裡面，除了常聽到的「Can you help me?」（可以幫我嗎？）以外，還有另一種常用的句型，就是「Can you do me a favor?」。

單字

do a favor 幫忙
copy 複印
document 文件
ten 十

我已經精疲力盡了

I'm running out of steam.

會話

A: I really need a break!
我需要休假！

B: What's going on?
怎麼了？

A: I'm running out of steam on my work.
我在工作上已經精疲力盡了。

B: Don't put too much pressure on yourself.
不要給自己太大的壓力。

A: I will try.
我會試試看的。

「break」本來上是「破壞」、「壞掉」的意思。
「break」這個詞當作名詞使用時,則有「短暫
休息」的意思在。所以會話中所講的「I need a
break」並不是說我要壞掉的意思,而是需要短
暫的休息。在英文中一些較為短暫的假期也會用
「break」這個字來表示。像是spring break(春
假)、fall break(秋假)這種大約只放一個禮拜
左右的假期等。

單字

break 休息

run out of 用光

steam 精力(口語)

too much 太多的

pressure 壓力

要不要一起去喝杯咖啡？

Would you like to grab a cup of coffee?

會話

A: It's time to have a break!
休息時間到了。

B: Would you like to grab a cup of coffee?
要不要一起去喝杯咖啡？

A: I'd love to.
我很樂意。

B: Let's go to the cafeteria.
一起去咖啡廳吧。

在一些西方國家裡，尤其是美國，咖啡幾乎是成為許多人每天必備的飲料之一。每間公司的茶水間或著是大樓中都會附設咖啡機或著咖啡廳供員工使用。所以對於許多上班族來說，一整天的上班時間，總是會需要一個「coffee break」讓忙於工作中的自己，能夠放鬆心情，好好的休息一下後，再接再厲。

單字

grab 抓

a cup of 一杯

coffee 咖啡

cafeteria 咖啡廳

感謝天!禮拜五了

Thanks God! It is Friday.

會話

A: Thank God! It's Friday.

感謝天!禮拜五了。

B: You look so excited. Do you have any activities today?

你看起來很興奮,今天有什麼活動嗎?

A: Our department is going to have a party. You didn't know?

我們部門要辦派對,你不去嗎?

B: I know it, but I have a date already.

我知道,不過我已經有約了。

A: What a pity.

真可惜。

上了一整個禮拜的班後，最期待的就是周末的來臨。所以不管是對於上班族還是學生們，周五都是一個讓人興奮的日子。因為其代表著在這一天結束後，就是一個可以讓一周疲勞放鬆的兩天假日。所以在國外的禮拜五遇到朋友時，對方也許會很高興的對你說著「Thanks God! It is Friday!」來表是他的興奮心情。有時也會看到這句子以「TGIF」這樣的縮寫來表示。

單字

excited 興奮的

activities 活動

date 約會

pity 可惜的

Live what you learn.

我要看醫生

I'd like to see a doctor.

會話

A: Do you need any help?
需要幫忙嗎？

B: I'd like to see a doctor. My stomach is not feeling well.
我要看醫生。我的胃不舒服。

A: You need to make an appointment first. Would 3:00 tomorrow afternoon be convenient to you?
你必須要先做預約。明天下午三點您方便嗎？

B: That suits me perfectly.
這時間對我來說非常適合。

活學活用英語會話

解析

當生病很不舒服時，總是需要到醫院去找醫生看病。但是在國外，尤其是美國的醫院並不是像台灣的醫院診所這麼方便，到櫃台掛號，等輪到自己時就好，而是必須要提前預約，跟護士約好時間後，才算是掛號成功。其中很少是能當天馬上就能看診的。

在英文中，不僅僅是看醫生而已，其他任何要做預約的動作，都可以用「appointment」來表示。

單字

doctor 醫生

stomach 胃

appointment 預約

perfectly 完美地

醫生今天的預約已經排滿了

The doctor is fully engaged today.

會話

A: The doctor is fully engaged today.
醫生今天的預約已經排滿了。

B: Can you make it as early as possible? I really feel uncomfortable.
能盡量幫我提早嗎？我真的很不舒服。

A: Let me double check for you. We have an appointment at 2:00 that's just been canceled. Would you like to take that?
讓我再幫你查查看。有一個兩點的預約剛被取消，你要預約這個時間嗎？

B: Yes, Please!
要的，麻煩你了。

解析

在國外要看病時，其實真的不像在台灣一樣方便，大多數的時間，醫生都是滿約到要等好幾個禮拜，甚至是一兩個月以上的時間，才有時間。對於突發的疾病或著難受到忍不住的病患來說，這真的是一件很不方便的事情。但是也會有運氣好的時候，就像會話例句中的情況，當有其他病患因為臨時有事而將預約取消時，護士就會詢問病人的意願，是否要安排在突然空出來的時間內。

單字

fully 滿滿地

engaged 預訂

possible 可能的

uncomfortable 不舒服的

double 雙重的

cancel 取消

你可以去掛急診

You can go to the emergency room.

會話

A: I have a toothache. It is killing me.
我牙在痛，痛死了。

B: All of our doctors are unavailable until next week.
我們的醫生預約都排滿了。

A: What should I do?
我該怎麼辦？

B: If you really feel uncomfortable. You can go to the emergency room.
如果真的很不舒服，你可以去掛急診。

活學活用英語會話

解析

就像上一篇解析裡提到的，在國外的醫院裡面，能夠預約完就當天看診的機會並不多。但是當疾病是突發並且疼痛不舒服到讓人受不了時，醫院的護士們便會提供病人另一個方法，就是急診室。雖然可以不需要長時間等待，但是醫療費用也相對偏高許多。

在英文諺語中，提到一件讓自己受不了的事情時，有人會「It is killing me.」來誇大敘述自己的難受程度，並不是說有什麼東西正在殺他。

單字

toothache 牙痛

kill 殺

unavailable 無法使用的

emergency room 急診室

可以進去看診了

The doctor may see you now.

會話

A: Excuse me. I have been waiting for half an hour.

不好意思，我已經等了半個小時了。

B: Sorry about that. The doctor is busy today, but I will check for you.

十分抱歉，醫生今天很忙。但是我會幫你看看。

A: Thank you.

謝謝。

A: Mr. Brown, the doctor may see you now.

布朗先生，可以進去看診了。

不管是在台灣或著是國外看診的時候，多少都會需要在候診室稍坐一會，直到輪到自己的編號時或著是護士的通知，才能進去看診。在英文裡面，護士們會使用的句子，不外乎是「You can come in.」或著是"「The doctor may see you now.」來告訴病患，醫生已經準備好，可以進到診療室看診了。

單字

half　一半的

身體哪裡不舒服？

What's wrong with you?

會話

A: What's wrong with you?
你怎麼了？

B: I have a sore throat, headache and stuffy nose.
我喉嚨痛、頭疼跟鼻塞。

A: Don't worry. You just caught a cold. You should take more time to rest. I am going to prescribe medicine for you. It will make you feel drowsy.
不用擔心，你只是感冒了。你應該多休息。我會開些藥給你，它會讓你想打瞌睡。

B: Thank you, doctor.
謝謝你，醫生。

「wrong」的本來義司是「錯誤」。按照「What´s wrong with you?」這句字面上來看，有著你哪裡不對，你有什麼錯誤的意思。所以當人在醫院，由醫生對病人說出這句話時，則是在詢問對方這次來看診的原因，也就是身體上有哪裡不舒服。

這句話也會被用在，當覺得一個人表現異常時。以及認為對方做出超出常理的行為時。

單字

sore throat 喉嚨痛

headache 頭疼

stuffy nose 鼻塞

catch a cold 感冒

rest 休息

prescribe 指示

medicines 藥品

drowsy 想睡的

去哪裡領藥？

Where can I get these medicines?

會話

A: I have a prescription. Where can I get these medicines?

我有一份處方籤，我該去哪裡拿這些藥？

B: You need to go to a pharmacy. And you can get them by giving your prescription to the pharmacist there.

你需要去藥店，然後將你的這張處方籤拿給那邊的藥劑師拿藥。

A: Thank you very much.

非常感謝。

解析

看完病後，護士會根據醫生的診療結果列出處方箋。在臺灣通常領藥的地方都在醫院裡面或是診所旁邊，非常的方便。但是在國外則是要去外面的藥妝店領藥。將處方箋拿給藥劑師，稍等一會後，就可以拿到藥，藥劑師也會同時告知使用及服用時的注意事項。在國外的街上可以很常看到藥妝店，而且裡面賣的東西，幾乎像是個小型的超級市場。

單字

prescription　處方箋
pharmacy　藥妝店
pharmacist　藥劑師

Live what you learn.

Chapter 10
日常生活

請問現在幾點？

Do you have the time?

會話

A: Do you have the time?

請問你有時間嗎？

B: No, I don't. I am busy.

我沒有，我很忙。

A: No, I mean, do you have "the" time?

不是的，我是問說你知不知道現在的時間？

B: Oh! Sorry for the misunderstanding. It is 5:00 p.m.

喔！抱歉我誤會了。現在是下午五點。

A: Thank you.

謝謝。

當有外國人在街頭把你擋下來，並詢問「Do you have the time?」時，這並不是在搭訕詢問有沒有空閒時間，而只是在向你詢問時間幾點了。至於這兩句話的英文差別就在「time」的前面有沒有加上「the」。本應該是不可數的「time」加上了前面的冠詞後，意思變為時鐘的代名詞。

要注意一點，這句話比較適用於身在沒有時鐘或著找不到時鐘的地方時來使用，如果在有時鐘的室內，使用「What time is it?」（現在幾點？）就好。

單字

misunderstanding　誤會

想要剪什麼髮型？

How would you like your haircut?

會話

A: I am ready for a new style.

我準備換個新髮型。

B: How would you like your haircut?

你想剪什麼髮型？

A: Do you have any suggestions?

你有什麼建議嗎？

B: I think you would look cute with short hair.

我認為你剪短頭髮一定很可愛。

A: Ok, just do what you want. I can count on you.

好，我聽你的。

解析

在上美容院，想換一個新造型前，都會與髮型師商量哪一種髮型比較適合。設計師也會根據客人的臉型來提供不同的意見。

「style」可以用來形容一個人的裝扮與風格，所以當看到一個人的穿著打扮很漂亮時，可以對她說「I like your style.」或著「Your style is good.」來稱讚對方。

單字

style 風格

haircut 髮型

suggestion 建議

cute 可愛的

short 短的

count on 託付

我要染頭髮

I want my hair dyed.

會話

A: I want my hair dyed.
我要染頭髮。

B: What color do you want?
你想要染什麼顏色？

A: I want to be in fashion.
我希望看起來時髦。

B: What do you think about red?
你覺得紅色如何？

A: Will it suit me?
會適合我嗎？

在英文裡，想要染髮時，可以用「I want my hair dyed.」這句話來說明。「dye」本身是「染色」意思的動詞，這裡加上「d」則變被動語態，形容希望頭髮被染上顏色。

單字

dye 染

fashion 時髦的

red 紅色的

suit 適合

我需要保養用品

I need a skin care product.

會話

A: How can I help you?
我能幫你什麼？
B: I need a skin care product.
我需要保養用品。
A: What kind of skin care do you need?
什麼樣的保養用品？
B: I am looking for whitening and anti-wrinkle products.
我在找美白跟防皺紋的產品。

女孩子對於保養品的需求量總是很大，但是在藥妝店或著百貨公司的櫃檯上，總是陳列著各種不同品牌，不同用途的保養品。所以在這些地方都會有負責的服務人員隨時替顧客解答以及推薦適合客人使用的產品，尤其是在百貨公司的櫃檯。只是在國外的化妝品專櫃上，美白系列的產品是很少見的，這類商品大多都在亞洲地區的國家才會販賣。

單字

skin care 皮膚保養
whitening 美白
anti-wrinkle 防皺紋

你是什麼膚質？

What type of skin do you have?

會話

A: What type of skin do you have?
你是什麼膚質？

B: My skin is combination.
我是綜合性質的。

A: I'm so envious of you. My skin is so dry; it makes me have to use lotion every day.
我好羨慕你。我的皮膚非常的乾燥，所以我每天都必須要使用乳液。

解析

每個人的肌膚性質都不盡相同，有些人是屬於乾燥性肌膚，有些人則是油性肌膚，或著是綜合的中性肌膚。在國外購買化妝品時，尤其是在採購乳液以及保濕水方面的產品，許多化妝品公司會根據不同的膚質，推出對其適用的產品。了解自己是屬於哪一種膚質，也比較能夠選擇到適合自己的保養品及化妝品。

單字

combination 綜合

envious 羨慕的

so 很；非常

dry 乾燥

lotion 乳液

every day 每一天

推薦您使用這款洗面乳

I would recommend this facial cleaner.

會話

A: I would recommend this facial cleaner.
我推薦您使用這款洗面乳。

B: What will it do?
有什麼作用？

A: It rids your face of dead cells and helps control oil.
可以去死皮以及幫助控油。

B: How do I use it?
怎麼使用呢？

A: Just use a small amount on the oily area.
在油性部位少量使用即可。

市面上的臉部清潔劑非常的多，不管是專櫃還是開架式商品，總是讓不少女孩子在櫃架前逗留許久，遲遲無法決定要購買哪一款。洗面乳通常的作用都是清潔掉臉上的出油以及毛孔內的髒汙，使用方式也大同小異。但是在與櫃檯人員購買時，多詢問使用方式，較能更加正確的使用，並得到其產品最好的效果。

單字

facial 臉部的

cleaner 清潔品

dead cell 死去的細胞

control 控制

oil 油性的

amount 份量

area 區塊

我正在節食

I'm on a diet

會話

A: You eat so little, Are you full?

你只吃那麼一點點，你飽了嗎？

B: I'm on a diet.

我在節食。

A: Why do you want to be on a diet?

你為什麼想要節食？

B: I am a little over weight.

我有一點過重。

A: You should exercise more. That is healthier.

你應該多運動，那樣比較健康。

解析

在英文裡面，要說自己正在節食減重時，「I am on a diet.」是最常用的句子。所以當在國外看到「diet」這個字的時候，多少都是跟體重控制方面相關的意思。最近開始也能常見到在外國的餐飲店裡，出現「weight watch」的菜單。這些都是卡洛里較低，專門給需要節食的客人們食用的餐點。

單字

diet 節食
little 少量的
over 超過
weight 體重
exercise 運動
healthier 更健康

我需要健身

I need to work out.

會話

A: I am getting fat. I need to work out.
我有點發胖，我需要健身。

B: You can join a fitness center. There are many courses you can choose.
你可以加入健身中心，那裏有很多課程可以讓你選擇。

A: Sound interesting. Is there swimming class?
聽起來很有趣，有游泳課嗎？

B: Of course.
當然。

解析

「work out」在英文裡面指得就是健身的意思。
其它像是「do fitness」（健身）以及「go to
gym」（去健身房）也能用來表示。在國外的gym裡
都會有許多不同的課程以及設施提供會員使用。只
是在簽下會員前，協議書要看清楚再簽名，才不會
有損自己的權益。

單字

work out 健身

fitness 健康

course 課程

swim 游泳

你去體育館都做什麼運動？

What kind of sport do you usually do when you go to the gym?

會話

A: You can always keep in good shape.
你總是能保持好身材

B: Because I go to the gym to exercise regularly.
因為我會規律地去體育館運動。

A: What kind of sport do you usually do when you go to the gym?
你去體育館都做什麼運動？

B: I like to play squash with my friends.
我喜歡跟朋友一起打壁球。

解析①

「gym」除了健身房以外，也可以用來指稱體育館。各式各樣的健身器材以及運動場所都可以讓進去的人自由使用。尤其是學校興建的體育館內，每到假日都是滿滿的學生在裡面健身。

解析②

「shape」本意是指「形狀」，這裡則是衍生為身材跟體型。「To keep in shape.」就是解釋為「保持身材」。

單字

shape 身材

gym 體育館

regularly 規律地

sport 運動

squash 壁球

你應該要多到戶外走走

You should do more outdoor exercise.

會話

A: You are playing video game again!
你又在玩電動？

B: It's summer vacation. I don't have to study.
現在是暑假，我不需要讀書。

A: You should do more outdoor exercise, not just sit here all day.
你應該多到外面走走，不是一整天坐在這。

B: It is hot outside.
外面好熱！

這句話對常常窩在家裡面上網,玩電動的青少年們很熟悉吧?尤其是學期與學期中間的,不用上學,又沒有功課要做的暑假與寒假,最常聽到家中的父母這樣唸著。不過偶而出門走走,就算只是到路口的商店吹吹冷氣也好,可以舒緩一下長期窩在電腦前面而緊繃的身軀,對身體健康也是好的。

單字

video 影像

game 電動

summer 夏天

outdoor 戶外

sit 坐

hot 熱的

你平常的消遣喜歡做什麼？

What do you like to do in your spare time?

會話

A: What do you like to do in your spare time?
你平常的消遣喜歡做什麼？
B: I like to read novels.
我喜歡讀小說。
A: What type of novels do you like to read?
你喜歡讀什麼種類的小說？
B: I like fantasy and romance.
我喜歡奇幻小說和言情小說。

A: I like fantasy, too. My favorite is The Lord of the Rings.

我也喜歡奇幻小說！我最喜歡的是魔戒。

解析

與朋友聊天時，常會聊到彼此的興趣以及對方打發空閒時間常做的活動。空閒時間的英文有「free time」或是「spare time」等詞來表示。回答就根據喜歡的活動是靜態的或是動態的來做應對。

靜態活動中最常提起的就是閱讀方面的興趣。不管是雜誌或著是小說，都有許多不同的分類。

單字

spare　多餘的

read　閱讀

novel　小說

fantasy　幻想作品

romance　愛情小說

favorite　最喜歡的

你的興趣是什麼？

What is your hobby?

會話

A: What is your hobby?
你的興趣是什麼？

B: I like to collect post cards.
我喜歡收集明信片。

A: How do you collect them? Do you travel
a lot?
你怎麼收集的？你常旅行嗎？

B: No, I ask my friends to send me post
cards wherever they go. I have already
collected about 30 cards.
沒有。我讓我的朋友們，不管到哪裡都寄一張
給我，我已經收集了大概三十張卡。

活學活用英語會話

274

解析①

「hobby」通常是指「興趣」與「嗜好」。像是很多人都有收集物品的習慣，不管是郵票，明信片，球衣等等，都算是「collation」（收集品）。

解析②

「ask」（問）這個詞在英文裡面有兩種用法。一個是如字面的意思一樣，向他人詢問或著提出疑問。另一種用法則是拜託他人。

例: I ask a question about math.
我問了一個關於數學的問題。
例: I ask him for help.
我請他幫忙。

單字

hobby 興趣
collect 收集
post card 明信片
wherever 無論何處

你常聽音樂嗎？

Do you listen to music often?

會話

A: Do you listen to music often?
你常聽音樂嗎？
B: Sometimes I do.
有時候會。
A: What kind of music do you like?
你喜歡什麼樣的音樂。
B: I usually listen to country music and pop-music.
我通常都聽鄉村歌曲和流行歌。
A: I like rock and roll.
我喜歡搖滾樂。

解析

英文裡面，聽有兩種動詞可以來表示，分別是
「hear」和「listen」。「hear」這個字大多表是
不經意，不刻意的情況下聽到的動作。「listen」
則是專注仔細的狀態下，聽進耳朵內的動作。

例: Do you hear a sound?
你有聽到聲音嗎？

例: I am listening what it sound like.
我正在聽這東西的聲音像什麼。

單字

listen 聆聽

music 音樂

country music 鄉村歌曲

pop-music 流行樂

rock and roll 搖滾樂

你對什麼有興趣？

What are you interested in?

會話

A: I can't decide my major.
我無法決定我的專業。
B: What are you interested in?
你對什麼有興趣？
A: I am interested in animation and comic book.
我喜歡日本動畫跟漫畫。
B: You can consider a Japanese major.
你可以考慮日文專業。
A: Thank you for advice.
謝謝你的建議。

當要詢問對方的興趣是什麼時，除了前面提到的「what is your hobby?」（你的興趣是什麼？）以外，也會有人用「What are you interested in?」（你對什麼東西有興趣？）來詢問。

單字

animation 日本動畫

comic book 漫畫

consider 考慮

Japanese 日本的

advice 勸告

有套網路遊戲即將推出

There is an online game coming out.

會話

A: I am so bored. Is there anything fun to do?

我好無聊，有沒有什麼又去的事可以做？

B: There is an online game coming out. Do you want to play together?

有套網路遊戲即將推出，要不要一起玩？

A: What type of online game? I am not good at first person shooters.

什麼樣的遊戲？我不擅長玩第一人稱射擊。

B: It is an MMORPG.

是網路角色扮演。

解析①

現在網路越來越發達，各式各樣的線上遊戲更是不斷地在推出。其中MMORPG以及第一人稱射擊遊戲更是受到網路遊戲的玩家的歡迎。

解析②

「online」意思指在線上的，平時使用的聊天軟體，如果連絡人顯示上線時，也可以用「He is online.」（他上線了。）來表示。

單字

bored 無聊的

online game 網路遊戲

first person shooter

第一人稱射擊

MMORPG 網路角色扮演

(massively multiplayer online role-playing game)

Live what you learn.

Chapter 11

假期旅遊

機場登記

Airport checks in.

會話

A: Good morning, sir.
早安。

B: Good morning. I am checking in for the flight to Chicago at Ten o' clock.
早安，我要登記十點那班飛往芝加哥的飛機。

A: Can I have your passport?
請給我您的護照。

B: Sure, here it is. And I' d like an aisle seat.
好的，在這。然後我想要靠走道的位子。

不管是在機場櫃檯畫位還是旅館櫃檯登記入住,在英文裡面都是使用「check in」這個詞。

在機場畫位時,地勤人員除了跟旅客要求護照跟機票號碼以外,還會詢問旅客希望的坐位。坐位分為「aisle seat」(走道的座位)或著是「window seat」(靠窗的座位)。

單字

check in 登記;報到

flight 飛機

Chicago 芝加哥

passport 護照

aisle 走道

請問有幾件行李要登記？

How many bags will you check in with?

會話

A: How many bags will you check in with?
請問有幾件行李要登記？

B: I have two.
兩件。

A: Please put them on to check the weight.
請放上來秤重。

B: Okay. Can you label fragile stickers?
好的，可以貼易碎品的標籤嗎？

A: Sure, no problem.
好的，沒問題。

出國旅行時，總是會有需要托運的行李。所以當地
勤人員從電腦裡找到旅客資料後，便會向旅客詢問
有多少件行裡需要托運。這時，就會用「How many
bags will you check In with?」來詢問。
當行李放上秤重機，行李在規定的重量以下。櫃
臺的處理手續就告一段落。如果要托運的行李
內有易碎的物品，則可以跟地勤人員要求貼上
「fragile」（易碎品）的標籤。

單字

bags 行李；袋子
label 標籤
fragile 易碎品
sticker 貼紙

您的行李超重

Your baggage is over the weight limit.

會話

A: Sorry, sir. Your baggage is over the weight limit. You can take some stuff out or pay the extra fee.

抱歉，先生。您的行李超重了。您可以選擇將物品拿出來，或著付超重費。

B: How much will that be?

那會是多少？

A: It is $70 each.

每一件七十美元。

B: I think I' ll chose to throw some of my

stuff away.
我想我還是將我的東西丟掉一些。

解析

在機場，當托運的行李超重時，地勤人員便會告知旅客要支付超重的費用。行李超重的費用會根據每一家航空公司的規定而有所變動，只是不管是哪一家航空公司，行李超重的罰款都是非常昂貴的。如果能在出發去機場前，就先把行李的重量控制好，也能解省掉許多不必要的麻煩。

單字

baggage 行李

limit 限制

take out 拿出

fee 費用

each 每一個

throw away 丟掉

請將外套脫下，通過檢查

Please take off your jacket before passing though the security gate.

會話

A: Please take off your jacket before passing though the security gate.
請將外套脫下，通過檢查。

B: Where should I put my Jacket?
我該將外套放哪？

A: You can put it in the plastic tray.
可以放在這個塑膠盒內。

B: Thank you.

謝謝。

解析

現在坐飛機出國時，出關檢查隨身行李的程序越來越繁瑣。在國外，尤其是在美國，不僅僅是要把身上所有的物品拿出來，還有背包內的電腦，液狀的乳液保養品要拿出來，就連身上的外套及鞋子都要脫下，放入一旁準備好的塑膠盒內，送入掃描機檢查。所以搭乘飛機時穿著輕便，較能節省掉入關檢查時的時間。

單字

take off 脫下
jacket 外套
pass through 通過
plastic 塑膠的
case 盒；箱

準備登機

Ready to board

會話

A: Your passport and boarding pass please.
護照和登機證，謝謝。

B: Here you go.
在這。

A: I am sorry, ma'am. We are boarding for first class and business class passengers only right now. Please wait until we call your zone number.
很抱歉，這位女士。我們現在是先讓頭等艙與商務艙的旅客登機。請等到我們廣播您的區域號碼時再登機。

在登機時要注意航空公司替旅客們安排的登機順序，為了不讓飛機的走道因為旅客放行李的動作，而使其它人堵塞在走道中。航空公司都會讓在頭等艙與商務艙的旅客先上飛機，再來依照不同區域位置的順序，讓乘客登機。並在登機時，再次對照護照與機票上的姓名。

單字

boarding pass 登機證
first class 頭等艙
business class 商務艙
passenger 乘客
until 直到
turn 機會

飛機即將起飛

The airplane is going to take off.

會話

A: Excuse me, sir.
先生，不好意思。

B: Yes?
是？

A: The airplane is going to take off. Please put on your seat belt and make your seat back to the original position. Thank you.
飛機即將起飛，請您繫上安全帶，並且將椅子回復到原本的狀態。謝謝。

在飛機起飛與降落的時候，空服員都會仔細檢查每位乘客是否有繫上安全帶，以及要求每個座椅都要調回一開始椅背拉直的狀態。

有時在飛行途中遇到不穩定的氣流，也會打開繫上安全帶的指示燈，由機長直接廣播，要求乘客回到座位上坐好，直到通過亂流。

單字

take off 起飛

seat belt 安全帶

original 原本的

position 位置；狀態

升空降落時使用電子商品是不被允許的

You are not allowed to use any electronic device during taking off and landing.

會話

A: You have to turn off your music player. You are not allowed to use any electronic devices during taking off and landing.

你必須要將隨身聽關掉。升空降落時使用電子商品是不被允許的。

B: Why?
為什麼？
A: It is for safety.
為了安全。

解析

在起飛前的安全宣導內，都會提及到，要求乘客在起飛與降落時，將所有電子商品都暫停使用。直到飛機升空到一定的高度後再開啟。電話或著是收音機等有電波接收的電子用品等更是全程禁止使用。

單字

allow 允許
electronic 電子的
device 器具
landing 著陸
music 音樂
safety 安全

您來這的目的？

Why have you come to this country?

會話

A: Here is my passport and visa.
這是我的護照跟簽證。
B: Why have you come to this country?
您來這的目的？
A: I am here for traveling.
旅行。
B: How long will you stay?
打算待多久？
A: One month.
一個月。

經過好幾個小時的飛行後，抵達了國外的土地。接下來要面對的就是入境的手續。像是在入境美國前，會被要求先填寫好入境的相關表單，並夾在護照裡面，與入境簽證一同交給海關。海關人員會根據旅客上面所填寫的答案來提問。其中大都跟入境目的、隨身攜帶的金錢數量、行李內是否有不可以帶入的東西來詢問。

單字

visa 簽證
country 國家
stay 停留
month 月

我找不到我的行李

I can't find my luggage.

會話

A: I can't find my luggage.
我找不到我的行李。

B: Have you checked the platform?
有檢查過行李運輸台嗎？

A: Yes. But the platform has already stopped turning.
有，但是已經沒有在運轉了。

B: Then you have to go to lost and found and find a clerk to help you.
那麼，你必須去遺失中心去找櫃台人員幫你。

在機場最怕遇到的麻煩就是行李丟失。有時候會因為飛機延遲或更換等關係，托運的行李並沒有順利的抵達目的地而丟失的情況發生。這時候可以尋找當地的遺失中心查看是否行李已提早抵達，被移往別的地方等候。不然就要將行李的樣子與號碼告知服務人員，讓對方幫忙尋找。真的找不到時，就得向航空公司提出賠償。

單字

luggage 行李
turning 旋轉
lost 遺失
found 尋獲
clerk 櫃台人員

我訂了一間房間

I have reserved a room.

會話

A: I have reserved a room.

我有預訂房間。

B: May I have your information.

可以給我您的資料嗎？

A: Here is my confirmation number and credit card.

這是我的訂房號碼跟信用卡。

B: Okay. Mr. Smith. You have reserved a single bed room. Here is your key.

好的。史密斯先生，您訂的是一間單張床的房間。這是您房間的鑰匙。

抵達飯店後，便是要向櫃檯人員登記入住。如果有事先預訂房間，要先向櫃檯人員告知。只是要注意，有些旅館只會替客人保留房間到一定的時間，如果因為飛機延遲等原因，會晚抵達旅館，最好要打通電話通知旅館員工，好讓旅館能夠將房間保留下來。

單字

reserve 預訂

information 資料

confirm／confirmation 確認

single 單一的

key 鑰匙

我需要早上叫醒我

I need a wake-up call.

會話

A: This is the front desk. How can I help you?

這裡是前臺，有什麼能為您效勞？

B: I need a wake-up call tomorrow morning.

我明天早上需要電話鬧鈴。

A: Sure. What time would you like us to call you?

好的，您希望我們什麼時間打過去呢？

B: 6 o'clock .

六點。

A: No problem.

沒問題。

解析

出國旅行或是出差需要早起，卻又沒有鬧鐘時，可以請托旅館的人員在指定的時間打通電話，好讓住客可以在希望的時間起床。在以往是由櫃檯人員親自打電話到客房，將住客叫醒。現在的大多改為電腦撥號。而大多人以為的「morning call」其實是錯誤的用法，其正確的英文用法是「wake-up call」。

單字

wake-up call 電話鬧鈴
front desk 前臺
us 我們

客房服務

Room service

會話

A: Room service.
客房服務。

B: This is room 801. I'd like some breakfast, please.
這裡是房號801。我要點早餐。

A: Sure. What can I get you?
好的,您需要什麼?

B: I'd like two English muffins with eggs and ham, and a pot of orange juice, please.
請給我兩份英式馬芬夾蛋和火腿,以及一壺柳橙汁。

在高級的旅館內,都會在客房內的桌子上,擺著一本類似菜單的本子。這正是客房服務的服務清單,可以透過電話與客房服務的員工,在不用走出房門的情況下聯繫,點一些希望的餐點或著是其他旅館所提供的服務。雖然這些價錢都會比較偏貴,但是能讓旅客感覺方便。

單字

room service 客房服務

muffin 馬芬

egg 蛋

ham 火腿

a pot of 一壺

orange juice 柳橙汁

我要退房

I'd like to check out.

會話

A: Good morning, sir.
先生，早安。

B: Good morning. I'd like to check out. Here is the key.
早安，我要退房，鑰匙在這。

A: One moment, please. You are all set, sir. Have a great day.
請稍等一下。您的退房手續已完成，祝你有美好的一天。

B: You too.
你也是。

解析

入住旅館時要向櫃檯「check in」，反言之，在結束旅程要離開旅館時，也要向櫃檯進行「check out」（退房）的手續。如果在入住期間並沒有任何其他額外花費，基本上是將鑰匙交出就可以行了。而旅館退房的時間大多都在上午11點前要完成，不然是會被認為要再繼續留宿，而被多算一天的價錢。

單字

check out 退房
moment 片刻
set 準備好的

哪裡可以拿到地圖？

Where can we get a map?

會話

A: This national park is huge!

這個國家公園真大！

B: I think we need a map, or we will get lost!

我想我們需要一張地圖，否則我們會迷路的。

A: Where can we get a map?

哪裡可以拿到地圖？

B: They might have some in the tourist center.

在旅客中心可能會有一些。

A: I saw one near the entrance.

我在入口附近有看到一個。

在一些觀光區的旅館，都會在走廊上的某區內，擺放著許多當地的觀光資訊，以及觀光地圖，提供給入住的旅客任意拿取。如果錯過在旅館拿取資料的機會時，在各大遊樂園或著國家公園區，甚至是當地的購物中心的服務櫃台，都會有簡介可以拿取。其中不僅僅是觀光或遊玩的資訊，連當地有什麼有名或有特色的餐廳，也會有詳細的介紹。

單字

map 地圖

national park 國家公園

huge 巨大的

lost 迷路

tourist 旅客

saw 看見(過去式)

near 靠近

entrance 入口

需要門票嗎？多少錢？

Is there an entrance fee? How much will it cost?

會話①

A: Is there an entrance fee? How much will it cost?

需要門票嗎？多少錢？

B: Yes, there is. $20 for an adult and $10 for a kid.

需要門票，票價是大人20美元，小孩10美元。

會話②

A: Is there an entrance fee?

需要門票嗎？

B: No. The admission is free.

不用，免費入場。

解析

出門觀光時，入場費也是一筆不小的開銷，尤其是一些很熱門的遊樂場，那入場的門票的票價更是偏高。票價方面除了「adult」（成人）、「kid」（小孩）的門票外，有些地方還會細分為「student」（學生），以及「senior」（年長者）的票。除了這些要花費入場的遊樂地點，也是有一些例如國家公園等這種「admission free」（免費入場）的好去處。

單字

entrance fee 入場費

cost 花費

adult 成人

kid 小孩

admission 入場費

這裡的稅是多少？

How much is the tax here?

會話

A: The total is $53.49.
總價是53.49美元。

B: Why? The price is $49.99 on the tag!
為什麼？標籤上面的價錢是49.99美元！

A: That is without tax.
那是不含稅的價錢。

B: How much is the tax?
這裡的稅是多少？

A: It is 7 percent.
百分之七。

在美國買東西時要注意，所有標示在商品或架子上面的價錢都是不含稅的。而且每個地區的稅也不盡相同。通常大城市的商品稅，與較為鄉下的商品稅相比，都來的要高上許多。所以在採購時，要記得把當地的稅算進去後，才是商品真正的價錢。只有一些生冷食物才會是免稅的。

單字

tax 稅

price 價錢

tag 標籤

without 不含

percent 百分比

我該給多少小費？

How much should I tip the server?

會話

A: How much should I tip the server?
我該給多少小費？

B: Just put two dollars on the cabinet.
放個兩塊錢在櫃子上就好。

A: Is it enough?
這樣夠嗎？

B: You can give more if you think the service is good.
如果你覺得服務好，你可以再多給一些。

解析

在美國，小費對於從事服務業的人來說是很重要的
收入。如果當客人覺得服務品質很好時，記得不要
在給小費上吝嗇，否則這對服務人員來說是一件很
失禮的事。

如果是在餐廳裡面，要給予的小費大約是所有花費
的百分之十到百分之十五。當然，如果覺得服務人
員的態度很不好時，也可以透過少給的小費，讓服
務生有所警惕。

單字

tip 小費

server 服務生

cabinet 櫃子

enough 足夠

Live what you learn.

Chapter 12
節日慶祝

下周三是亞瑟的生日

It is Arthur's birthday next Wednesday.

會話

A: Are you free next Wednesday?
下周三你有空嗎？

B: I guess. Why?
我猜有吧，為什麼？

A: It is Arthur's birthday, we are going to throw him a surprise party. Do you want to come?
那天是亞瑟的生日，我們準備替他辦一個驚喜派對，你要不要來？

B: Of course! Count me in.
好啊！算我一份。

在國外的影集裡面，人們最喜歡的就是在周末辦個派對，如果是生日派對，更是會來計劃個驚喜嚇嚇當天的壽星。「surprise party」正是英文的「驚喜派對」的意思。而在英文中說要舉辦一個派對時，常會用「throw a party」來表示。

單字

birthday　生日
Wednesday　星期三
guess　猜想
throw a party　舉辦派對
surprise　驚喜的
count in　算入

祝你生日快樂！

Happy birthday!

會話

A: Happy birthday! Linda.
琳達，生日快樂！

B: Thank you.
謝謝。

A: We bought you a cake and a birthday card.
我們給你買了一個蛋糕跟一張生日卡。

B: That is so sweet. But I thought I didn't tell anyone that today is my birthday.
那真是貼心！只是我沒有告訴任何人今天是我生日啊？

A: But you wrote it on Facebook.
但是妳的臉書上面有寫。

解析

慶祝生日時，少不了的就是生日蛋糕以及生日賀卡。對於他人貼心的祝福時，可以用「That is so sweet」（那真是貼心。）來表達自己對於收到禮物的感謝與感動。

單字

bought 買**(buy**的過去式**)**

cake 蛋糕

card 卡片

thought 想**(think**的過去式**)**

tell 告訴

anyone 任何人

新年前夕有什麼計劃？

Do you have any plans on New Year's eve?

會話

A: Do you have any plans on New Year's eve?

新年前夕有什麼計劃？

B: I want to go to Taipei city hall for the count down.

我想去台北市政府倒數

A: There will be lots of people.

那裡會有很多人。

B: That is the fun part!

那才是樂趣所在。

A: I would rather stay home.
我寧願待在家裡。

解析

每年年底最讓人期待的便是新年前夕的跨年活動，只要是有舉辦活動的地方，不管天氣好，天氣壞，都是滿滿的人潮。在美國最有名的跨年場所，就是位在紐約的「Time square」（時代廣場）。如果要到那裡體驗跨年的氣氛，最好要有在那裡待上一整天的心理準備。不過在整點，大家一同歡呼「Happy New Year」時，也會是個不錯的經驗。

單字

New Year 新年
eve 前夕
count down 倒數
fun 有趣的
part 部分
rather 寧願

中國農曆新年快要到了

It's almost Chinese Lunar New Year

會話

A: It's almost Chinese Lunar New Year!
中國農曆新年快要到了。

B: What do Chinese people do in the Lunar New Year?
中國人在農曆新年都做些什麼？

A: Family will get together and have dinner. Kids can get their lucky money from their elders.
家人會聚在一起吃晚餐。小孩能從長輩那領到壓歲錢。

B: That sounds fun!

那聽起來很有趣。

與西方國家不同，臺灣以及一些其他的亞洲國家，都有過農曆新年的習慣。陰曆也就是依照月亮來計算的曆法，所以在英文裡面是以「lunar」（月亮的）來表示。如果不記得陰曆怎麼說時，直接講「Chinese New Year」也是可行的。

單字

Chinese　中國的
lunar　月亮的；陰曆
family　家庭
lucky　幸運的
money　錢
elder　長輩

情人節有計畫了嗎？

Got any plan on Valentine's Day?

會話

A: Got any plans on Valentine's Day?
情人節有計畫了嗎？

B: My boyfriend just asked me yesterday. He said he will take me to a fancy restaurant to celebrate it.
我男朋友昨天才問我，他說他要帶我去一家高級餐廳慶祝。

A: That sounds romantic.
聽起來很浪漫。

B: It is our first Valentine's day. I am so excited.

這是我們第一個情人節，我好興奮。

解析

對於有伴侶的人來說，一年之中，情人節也是一個讓人期待的日子。情侶們總是會在這一天安排一些特別的活動，還互相祝福。或著是向對方表達平日不好意思說出口的愛意。為了慶祝這特別的一天，許多男男女女選擇一間較為高級的餐廳，好好的享受單獨的兩人世界，也是一種不錯的慶祝方法。

單字

Valentine's day 情人節
boyfriend 男朋友
fancy 高級的
celebrate 慶祝
romantic 浪漫的
excited 興奮的

他在情人節當天向我求婚

He proposed to me on Valentine's Day.

會話

A: He proposed to me on Valentine's Day!
他在情人節當天向我求婚。

B: Really? Tell me every detail.
真的嗎？告訴我所有細節。

A: We had dinner at his place. He knelt down and showed me this ring.
我們在他家吃飯，他跪下並拿出這枚戒指。

B: Congratulations!
恭喜！

當兩人順利的交往一段時日，就會開始考慮往人生的下一個階段前進。情侶間的求婚手段各式各樣，有人選擇生日，紀念日，或著是本來就充滿著浪漫氣氛的情人節。自己的男友下跪求婚，對於許多女孩子來說，是夢寐以求的事吧。而在英文中「kneel down」字面上解釋為「膝蓋往下」正能解釋成跪下的意思。

單字

propose 求婚

detail 細節

kneel down 跪下

ring 戒指

congratulation 恭喜

母親節

Mother's Day

會話

A: Hey, Billy. Are you coming home next Sunday?

喂？比利。你下禮拜天要回家嗎？

B: Of course. It is Mother's Day.

當然，那天是母親節。

A: I still can't decide what to buy for Mom.

我還沒能決定買什麼給媽媽。

B: We can get her a new netbook?

我們可以買一台新的小筆電給她。

A: That is a good idea. She will like it!

好主意！她會喜歡的。

五月的第二個禮拜天是全世界都一同慶祝的母親節，這天是感謝母親辛勞的日子。英文裡面就很簡單的使用「Mother's Day」（母親的日子）來表示。

單字

Mother's Day 母親節

netbook 小型筆電

六月的第三個禮拜天是父親節

The third Sunday in June is Father's Day.

會話

A: The third Sunday in June is Father's Day in Unite States.
在美國，六月的第三個禮拜三是父親節

B: That is on a different day in Taiwan.
跟臺灣是不一樣日子呢。

A: Which day is Father's day in Taiwan?
臺灣的父親節是哪一天呢？

B: It is August Eighth. Because it sounds

like "papa" in Chinese.
八月八號,因為中文唸起來很像"爸爸"。

解析

母親節是五月的第二個禮拜,但是父親節則沒有一個統一的日期。在臺灣,父親節是八月八日,但是在歐美一些國家則是六月的第三個禮拜。其他還有各個國家自己的父親節。與母親節的英文一樣,父親節也是直接以「Father's Day」(父親的日子)來表示。

單字

June 六月
third 第三個
Father's Day 父親節
different 不同
August 八月

不給糖就搗蛋！

Trick or treat!

會話

A: Trick or treat!
不給糖就搗蛋！
B: You scared me.
你嚇到我了。
A: This is my Halloween costume this year.
How is it?
這是我今天萬聖節的裝扮。如何？
B: I can't tell who you are dressed like.
我看不出來你在扮什麼。
A: I am a fairy. I have a magic wand in my
hand!
我是個妖精！我手上有魔杖！

解析

在西方國家，萬聖節也是一年之中的大節日之一。
最常見的活動便是小孩子們裝扮成各式各樣的妖魔
鬼怪，或是自己喜歡的角色人物，拿著小籃子，挨
家挨戶按電鈴，並在屋主開門的瞬間大喊「Trick
or Treat!」（不給糖就搗蛋！）向大人們要糖
果。而這些糖果對小孩子們來說可是他們辛辛苦苦
換來的，都很寶貝的。
除了小孩子要糖果外，大人們也會穿上各種服裝，
參加萬聖節的派對，享受一下狂歡的氣氛。

單字

trick　詭計；花招

treat　款待

scare　驚嚇

Halloween　萬聖節

costume　服裝

dress　like　打扮成

感恩節的火雞大餐

The turkey dinner in Thanksgiving.

會話

A: I am going to cook my first turkey dinner for Thanksgiving.

我將要來烹煮我的第一個感恩節火雞大餐。

B: What are you going to make?

你要做什麼？

A: A big turkey of course, and a pumpkin pie and cranberry sauce. I hope I can handle it.

當然是一隻大火雞！以及南瓜派跟蔓越莓醬。我希望我能忙的過來。

B: I will help you, too.

我也來幫忙。

解析

感恩節是只有在北美才有的節日。為的是紀念當初到美洲開墾時的一切辛苦與感恩。只是美國與加拿大的感恩節並不相同。加拿大的感恩節在十月份，而美國的感恩節則是在十一月的第四個禮拜四。感恩節也是一個讓全家人聚再一起吃飯的日子，就如同亞洲的新年一般。而整個節日最重要的就是當晚的大餐主菜，火雞。

單字

turkey 火雞
Thanksgiving 感恩節
cook 煮飯
pumpkin 南瓜
pie 派
cranberry 蔓越莓
sauce 醬料

分享對一年的感謝

Shared things that we thanks for the year.

會話

A: Except the turkey dinner, what else did you do with Mr. William's family last year on Thankgiving?

除了火雞餐以外，你和威廉先生的家人在去年的感恩節還做了什麼？

B: We sat around and shared things that we were thankful for that year.

我們圍著桌子坐著，並分享對一年的感謝。

A: I wish I had been there.

我真希望我也在場。

解析

在感恩節裡，除了火雞大餐以外，還有許多不同的活動。像是每年的感恩節遊行，還有家家戶戶聚在一起聊天，分享對信仰的感激，對一年來發生的種種事情表達感謝，並分享給在場的其他人。這些都是在感恩節餐聚上常見的。其中還有一個活動是將火雞的「wish bone」取出，兩端由不同的人抓著，並許願。用力拉扯後，取到較大骨頭的人，願望將會實現。

單字

except　除了...之外
sat　around　圍繞坐著
share　分享
wish　希望

黑色星期五

Black Friday

會話

A: The day after Thanksgiving is called black Friday.

感恩節的隔一天被稱為黑色星期五。

B: I know. There will be lots of discounts in stores.

我知道，那天很多店都有折扣。

A: Yes. I already make a list of what I want to buy.

是的。我已經列好想要買的東西的清單了。

B: I don't want to stand outside of a store all night again.

我可不想再次站在店外面一整個晚上。

活學活用英語會話

感恩節是大家多少都有聽過的節日，但是感恩節的隔一天的黑色星期五，如果不是美國居民，很少人會知道這天的存在。這一天，很多店家都會在凌晨四五點就開門，並且釋放出許多比平時的折扣還要更低價的特價品。就算是非常冷的天氣，還是能看到許多人在感恩節晚餐後，就開始在店門口外面排隊，準備在開門的瞬間，進去搶購數量不多的特價商品。而且這一天，不管是哪一家商店，都會是人滿為患的情況。

單字

black 黑色的

discount 折價

list 清單

stand 站

again 再次的

我希望有個白色聖誕節

I wish we can have a white Christmas.

會話

A: I wish we can have a white Christmas.
我希望有個白色聖誕節。

B: It will be so beautiful if the ground became all white.
如果地上都是雪白的一定很漂亮。

A: But it is impossible to see snow in Taipei.
但是在臺北不可能看見下雪。

B: Only the mountains have the chance.
只有在山上有機會。

是否很羨慕國外的聖誕節都是一片雪白，再配上五顏六色的裝飾品，非常的有過聖誕節的氣氛。在國外，如果在聖誕節當天有積雪，則會稱之為「white Christmas」（白色聖誕節）。

單字

Christmas 聖誕節

beautiful 美麗的

snow 下雪

mountain 山

chance 機會

聖誕快樂和新年快樂

Merry Christmas and Happy New Year.

會話

A: Merry Christmas and Happy New Year!
聖誕快樂和新年快樂！

B: Thank you! Merry Christmas.
謝謝，聖誕快樂。

A: I made chocolate cookies, would you like to try some?
我做了一些巧克力餅乾，要不要嚐一些？

B: Sure! These cookies look really good.
好啊！這些餅乾看起來很好吃！

解析①

由於十二月底的聖誕節與新年只相差五天的時間，所以都會習慣性的一併向人祝福「Merry Christmas and Happy New Year.」（聖誕快樂和新年快樂。）

解析②

在美國，有些相信著有聖誕老人的小孩子們，會在平安夜當晚，在壁爐前面放上一塊巧克力餅乾與一杯牛奶，獻給辛勞了一整晚的聖誕老人。也帶有給他為自己送上禮物的感謝。

單字

Merry　Christmas 聖誕快樂

happy 快樂

chocolate 巧克力

cookie 餅乾

國家圖書館出版品預行編目資料

Don't worry活學活用英語生活會話 / 王玉如 著.
-- 初版. -- 新北市：雅典文化，民102.12
面；　公分. --（全民學英文；34）
ISBN 978-986-5753-00-9（平裝附光碟片）

1. 英語 2. 會話

805.188   102020826

全民學英文系列　34

Don't worry活學活用英語生活會話

編著／王玉如
責編／王玉如
美術編輯／林子凌
封面設計／劉逸芹

法律顧問：方圓法律事務所／涂成樞律師

總經銷：永續圖書有限公司
永續圖書線上購物網
www.foreverbooks.com.tw

CVS代理／美璟文化有限公司
TEL：（02）2723-9968
FAX：（02）2723-9668

出版日／2013年12月

⊂e 雅典文化

出版社
22103　新北市汐止區大同路三段194號9樓之1
TEL　（02）8647-3663
FAX　（02）8647-3660

Don't worry活學活用英語生活會話

雅致風靡　典藏文化

親愛的顧客您好，感謝您購買這本書。即日起，填寫讀者回函卡寄回至本公司，我們每月將抽出一百名回函讀者，寄出精美禮物並享有生日當月購書優惠！想知道更多更即時的消息，歡迎加入"永續圖書粉絲團"您也可以選擇傳真、掃描或用本公司準備的免郵回函寄回，謝謝。

傳真電話：（02）8647-3660　　　電子信箱：yungjiuh@ms45.hinet.net

姓名：	性別：　□男　　□女

出生日期：　　年　　月　　日	電話：

學歷：	職業：

E-mail：

地址：□□□

從何處購買此書：	購買金額：　　　　元

購買本書動機：□封面 □書名 □排版 □內容 □作者 □偶然衝動

你對本書的意見：
內容：□滿意□尚可□待改進　　編輯：□滿意□尚可□待改進
封面：□滿意□尚可□待改進　　定價：□滿意□尚可□待改進

其他建議：

總經銷：永續圖書有限公司

永續圖書線上購物網
www.foreverbooks.com.tw

您可以使用以下方式將回函寄回。

您的回覆，是我們進步的最大動力，謝謝。

① 使用本公司準備的免郵回函寄回。

② 傳真電話：（02）8647-3660

③ 掃描圖檔寄到電子信箱：

　　yungjiuh@ms45.hinet.net

221-03

雅典文化事業有限公司　收
新北市汐止區大同路三段194號9樓之1

雅致風靡　典藏文化